ムーンライト
Moonlight

剛しいら
SHIIRA GOH presents

KAIOHSHA ガッシュ文庫

イラスト★金ひかる

CONTENTS

★本作品の内容はすべてフィクションです。
実在の人物・地名・団体・事件などとは一切関係ありません。

月はあまねく世界を照らす。

寂しい人間の上にも、犯罪者の上にも、男、女、すべての人間の上に、月光は優しく降り注ぐのだ。

九月に入って、子供達の歓声が遠のいた海岸にも、満月の優しい光があった。

風もなく穏やかな夜だ。沖の海面はなだらかで、眠ってしまったかのように波立つことがない。黒い鏡面《きょうめん》となって、見事に月の姿を映している。

波打ち際は、少しだけ騒がしい。音もなく押し寄せた波は、最後に白い泡となって砕ける時に、密《ひそ》やかな吐息《といき》のような波音を聞かせた。

八月には、いつも誰かが深夜近くまで花火を打ち上げていた砂浜に、今宵《こよい》は人影もない。

早朝に犬を散歩する人が訪れるまで、このまま静かに海も眠り続けるのかと思えた。

静寂《せいじゃく》を破ったのは一人の男だ。

砂浜をよろよろと歩いてきた男の足は、酔っているかのようにかなりふらついている。

何を迷ったのか波打ち際を歩き出したが、ついに力尽きて倒れてしまった。

男の胸は激しく上下し、手は苦しげに胸を掻《か》きむしる。

大きく見開かれた瞳の中には、月が宿っていた。

見舞客も帰り、後は消灯を待つだけになった病院は静かだ。ほとんど車のなくなった広い駐車場に、高さの違う幾つかの病棟が、月明かりによって複雑な形の影を落としている。

内科医の相沢一樹《あいざわかずき》は、白衣姿で病棟の屋上から下界を見下ろしていた。

小高い場所にある病院で、駐車場の先には、ここより低地にある街の灯《あか》りが一望に見渡せた。視線を転じて頭上を見ると、今まさに満月が中天に差し掛かったところだ。

満月は一樹の男らしい美貌を白く輝かせる。

街の灯りを見るのが一樹は好きだ。

灯り一つ一つの下に人々の生活があり、そこに命が感じられるからだ。

今夜も街は灯りで輝いている。

命が満ちあふれていた。

一樹がこの『陽林《ようりん》大学付属病院』に勤務して、そろそろ半年になる。陽林医科大学で六年学び、その後二年を研修医として忙しく過ごした。そして今年の四月から、正式に有料で医療行為の行える医師という身分となり、一樹はそのまま大学病院の勤務医になった。

この地域ではもっとも大きな病院だ。臨床経験を積みたい一樹にとって、ここは終わりのない勉強の場に思える。もっといい条件で働けるところもあったが、一樹はこの海辺の町を選んだのだ。

勤務時間はとうに終わっている。急患が運び込まれてくる様子もない。

「帰るかな……」

白衣を脱げば、そこで一つの区切りが出来る。医者からただの二十七歳の男に戻るのだ。

医局に戻り、白衣をロッカーに仕舞《しま》うと、一樹は今夜の宿直《しゅくちょく》である後輩の研修医に声をかけた。

「帰るけど、何か困ったことあったら電話して」

「はい…」

不安そうに頷《うなず》く研修医の肩を、一樹は軽く叩《たた》いた。

「あんまり緊張しないほうがいいぞ」

慣れないうちの宿直は、誰でも不安なものだ。出来れば緊急の患者が、自分の宿直の時に運び込まれることのないよう願ってしまう。一樹もかつてはそうだった。いざとなれば熟練《じゅくれん》した看護師が助けてくれるが、経験値の足りない時はそれでも不安になるものだ。

消灯時間まで病院内にいたのは、後輩を気遣ってのことだが、一樹はあえてそれを口にはしない。すれ違う宿直の職員に挨拶《あいさつ》しながら、病院を出て駐車場に向かう。

職員用の駐車スペースはがらんとしている。そこにある一樹の車、四駆のランドクルーザーは、月明かりを反射しながら主《あるじ》を待っていた。

車に乗ってエンジンを掛ける。家までは十分もかからない。

大学入学時に、元は別荘だった古い一戸建ての家を買った。同じ県内で個人病院を経営する両親の考えとしては、六年間大学に通わせる間、家賃を払うのもローンを払うのも一緒だとなるらしい。

建物は古びているが、一樹はその家を気に入っている。狭いが庭もあるし、そのお陰《かげ》で犬を飼うことも出来た。

自宅の駐車場に車を乗りいれると、庭先に繋《つな》がれた犬が激しく吠《ほ》えて一樹を出迎えた。

日本犬の雑種で、林の中に紐《ひも》で繋がれたまま放置されていたのを、一樹が保護してそのまま飼っている。この辺りは別荘地だから、時折置き去りにされる犬がいるのだ。それにしても紐に繋いだままの置き去りは酷《むご》い。もう少しで餓死するところだった犬は、一樹に助けられたお陰で、今はむくむくと太っていた。

「ゴロ、ただいま」

ゴロは一樹に飛びつく。散歩に連れていけとねだっているのだ。

「ああ、わーかった。行くから、待ってろ」

夜まで家を守っていた愛犬に対して、一樹は優しさを見せる。一日働いて疲れているのに、真っ先にゴロの散歩を優先した。

家を出て、少し歩けば浜辺に出る。夜遅いこんな時間だったら、さすがに散歩をしている人もいない。ゴロの引き綱を外すと、一樹は好きなだけ波打ち際を走らせてやった。

夜には海と空の境界はなくなる。何もかもが濃い藍色に包まれてしまうのに、今夜は境界がはっきりと見える。

海に月が反射して、きらきらと輝いていたからだ。

星は月に遠慮して、小さく瞬《またた》くばかりだ。時折白っぽい光が空を過《よ》ぎるのは、遠くの灯台の灯りだろう。

海上に映る月を見ながらのんびりと歩いていた一樹は、ゴロが激しく吠えているので足を速めた。

「どうした」

賢い犬だ。一樹を仲間と思っているのか、ボスと思っているのか知らないが、伝えたいことがある時には激しく鳴く。

鳴き声に向かって近づいていった一樹は、波打ち際に白っぽいものがあることに気がついた。

慌《あわ》てて駆け寄ると、人が倒れている。

「おいっ、しっかりしろ」

倒れていたのは若い男だ。波が男の体を、絶え間なく洗っている。一樹は男の体を砂浜に引き上げて、白いシャツの胸元を開き胸に耳を押し当てた。続いて手首で脈を取り、顔を近づけて呼吸を確認する。

急いで一樹は携帯電話を開き、１１９を押した。

『救命センターです。事故ですか？　火災ですか？』

明瞭な声が聞こえた。

「陽林大病院、内科の相沢です。西浜《にしはま》で溺水者《できすいしゃ》、発見しました。二十代男性、至急、救急車お願いします。位置確認のために、私の携帯電話の番号、お知らせします…」

手短に状況を説明すると、一樹は携帯電話を閉じた。

そして男に向かって、心臓マッサージと人工呼吸を開始した。

脈は微《かす》かにあるようだが、心音が一定しない。呼吸もあるかなしかだ。海水に浸《つ》かっていたから、体温も低かった。

「死ぬなよ、頼むから、生きてくれ」

ぐったりとした男の体に、一樹は力強いマッサージを施す。そしてうっすら開いた男の唇に、思いきり強く息を吹き込んだ。

「死ぬな……生きるんだ」

必死に心臓マッサージを続ける一樹の周りを、ゴロは心配そうにくるくると回っている。

どれだけの時間、海にいたのだろう。上を向いていたから、海水を飲み込んだかは分からない。波打ち際で溺《おぼ》れる筈《はず》もないから、かなり深いところまで入ったものの、波に押し戻されたのだろうか。

着衣のままで海に入る理由となったら、自殺が真っ先に思い浮かぶ。それともなければ泥酔《でいすい》していて、波打ち際で意識を失ったかだ。

一樹は救急車が来るまでの間、医者として冷静に、男を完全に蘇生《そせい》させる方法について考える。

思ったより拍動が戻るのに時間がかかる。救急車が早く来ないかと苛立《いらだ》ちかけた時、男はうっすら目を開いて一樹を見た。と、同時に男は軽く咳《せ》き込み、一樹のシャツを弱々しく握った。

「ゆっくり呼吸して。安心していいよ、すぐに救急車が来る。俺は医者だ。助けてあげるから」

男はシャツを握りしめたまま、虚《うつ》ろな目で一樹を見つめていた。

その時、やっと救急車のサイレンが聞こえた。一樹は携帯電話を開き、大きく振って見せる。僅《わず》かの灯りに気付いたのか、救急車は停車した。

「おーい、こっちだ」

「相沢先生？」

こちらからは見えないが、どうやら顔見知りの救急隊員らしい。一樹は大きく頷いてみせる。

「砂浜だから、担架《たんか》で運びますよ。外傷はありますか？」

「なさそうだ。骨折してるかは分からない」

男はまた目を閉じる。けれどその手は、一樹のシャツを握りしめたままだった。

一度家に戻った一樹は、ゴロを繋ぐとまた急いで病院に戻った。

後輩の研修医を信頼していたが、やはり自分が見つけてしまった患者をそのままにはしておけない。

白衣に着替えて、患者のいる治療室に向かう一樹に、看護師が驚いたような声をかけた。

「相沢先生、お帰りだったんじゃないんですか」

「俺が見つけた患者だから、ほっとけなくてね」

そういいながら治療室に入ると、男はすでにブルーの患者服に着替えさせられていた。

「バイタルサインはどう？　安定したか」

後輩の研修医に声をかけると、研修医はほっとした様子で一樹を振り向いた。

「意識はあります。自呼吸もありますが、心拍数《しんぱくすう》が一定していません」

「海水は飲んでる？」

「いえ…あまり飲んでなかったようです。溺水ですか？」

「海岸に倒れていたし、ずぶ濡れだったからそう思っただけだ。他には何かあった？」

男の体に繋がれた計器類は、気紛《きまぐ》れな心電図を示す。心臓が弱っているのは明らかだった。

「相沢先生、コーマスケール3です」

研修医は不安そうに一樹に言った。

「コーマスケール3……自分の名前も分からないのか?」

意識障害のレベルを顕《あらわ》すコーマスケールの3という数字は、自分の名前や生年月日がすぐに答えられない状態をいう。

一樹は患者の姿を急いで観察した。

髪にはまだ砂がまばらについている。呼吸はしているが苦しげで、時折眉《まゆ》を寄せていたが、目はしっかりと見開かれていた。

「落ち着いて。病院ですよ。もう心配しなくていいから」

一樹は男に顔を寄せて、声をかけた。すると男は手を伸ばして、何を思ったかまたもや一樹の白衣を握りしめる。

言葉はなかったが、その目は何かを訴えようと必死になっている。

「苦しいですか? 今すぐ、楽にしてあげますから。お酒飲んだ? 違うよね」

歳《とし》が近いと思ったので、一樹の声は親しげな砕《くだ》けた調子になる。さらに顔を寄せて一樹は男の呼気からアルコール臭を探ったが、ただ潮の匂いがするばかりだ。意識が朦朧《もうろう》とするほど飲んだようには見えない。

薬物かなとも疑った。都心を離れた静かな町だが、若者の間に薬物汚染は拡がっている。夜の浜辺でこっそりと試しているうちに、体に異変を来したのかもしれない。

「何か薬を飲んだ？　既往症《きおうしょう》は？　分からないかな。えーっと、持病とかある？」

一樹の問いかけは聞こえている筈だ。けれど返事はない。言葉が不自由なのか、または外国人なのかとも疑う。

男の全身を観察する。目立った外傷はなかった。痩《や》せてはいるが、綺麗《きれい》な体だ。肌の状態や意外にしっかりした骨格から、決して栄養状態が悪いようには見えない。

一樹は男の目の前で、手話で話せるかと示した。だが男は、一樹のそのアクションを理解しなかった。

「話せるんなら、あーでもいいから、言って」

「む…胸が…苦しい」

「よし、分かった。何か薬を飲んだ？」

「……」

「分からないんだな」

一樹は急いで聴診器《ちょうしんき》を耳に当てる。

男の手は、まだ一樹の白衣を握りしめたままだ。一樹はその手を、上から軽く握りしめて安心させるように微笑んだ。

「心臓が厄介《やっかい》なことになってるみたいだな……」

研修医と顔を見合わせた一樹は、すぐに指示を出す。

「血液は採取した？　意識が混濁《こんだく》してるようだ。問診に答えられるような状態じゃない。至急、診察しよう」

「は、はい」

一樹が来てくれたことで、研修医の顔にも安堵《あんど》感が広がる。看護師を交えて、男の診察が開始された。

「それと誰か、警察に連絡したかな？　二十代男性、身長百七十センチくらい。体重は五十キロ前後かな、痩せ形、目立った外傷なし、手術跡なし。メモした？」

「救命士から、警察へ通報済みのようです。確認の電話がありました」

看護師の言葉に、一樹は頷く。海で溺れた人間への対処は、この町の医療関係者は慣れている。毎年何人かの犠牲者が出ていて、それ以上に生還した人間もいるのだ。

診察を終えて入院患者用の病室に移された男は、目を閉じて静かにしている。眠ったのかと思った一樹は、病室の電気を消して、椅子に座ってしばらく男を見守っていた。月光が病室内にまで入ってくるせいで、男の顔ははっきり見える。優しげな印象の、綺麗な顔立ちの若者だった。

看護師が何度も名前や住所を尋ねたが、相変わらず明確な返事はないままだ。所持品も所持金もない。波に流されてしまったのかもしれないが、そうなると連絡先も分からなかった。

倒れていた原因は、診察によってはっきりしている。心臓の疾患だ。幸い、投薬処置によってすぐに状態は安定したが、明日になって、心臓病の専門医である高野《たかの》の診断を受ければ、より病状ははっきりするだろう。

浜辺で海水に曝《さら》されたままだったら、今頃男の命はなかったかもしれない。男を発見したゴロに、感謝しないといけないだろう。

自分と同じような年頃の男を助けられたことで、一樹は満足していた。病状が落ち着けば、家族や住んでいた家のことも思い出すに違いない。

今頃は誰かが、いなくなった男のことを心配して、警察に通報しているかもしれなかった。

容態が完全に安定したようなので、一樹は病室を出ようかと立ちあがった。すると眠っていたと思った男の手が、一樹の白衣をまた握っていた。

「何か思い出した？　俺でよければ、どこにでも連絡してあげるよ」

男は目を開いている。

何かを伝えようとしているのか、盛んに瞬《まばた》きするが、言葉は出てこない。

「無理しなくていいんだ。急ぐことはないって。きっとご家族が、君のことを探し始めてるよ」

男の手を握って、一樹は子供に対するように優しく言った。

「明日には何もかもはっきりするさ。月が明るかったからね、浜辺に倒れてる君を、俺の犬が見つけたんだ」

一樹が視線を窓に向けると、男の視線も同じように窓に向かう。

まん丸な月が、病室内を覗《のぞ》き込んでいた。

再び一樹は椅子に座る。すると安心したのか、再び男は目を閉じた。

幸い、今夜はまだ容態が異変した患者もいない。人のいい一樹は、誰かに縋《すが》りたい男の

気持ちを考えて、そのまま座っていた。

「何も……思い出せないんだ」

囁《ささや》くように男が言ったので、危うく聞き逃すところだった。

一樹は男の口元に顔を寄せて、続く言葉を待った。

「訊《き》かれても、何も答えられないのは……覚えてないから」

「それじゃあ、これは何か分かる?」

急いで一樹は胸ポケットに差し込まれたボールペンを示す。

「ペン……」

「そう、じゃああれは?」

一樹はドアを指差した。

「ドアだよ」

「物の名前はちゃんと認識してる。思い出せないのは、自分のことだけか」

「……」

男は黙って頷いた。

「だいじょうぶだ。今はショックで混乱してるだけだよ。明日には何もかも思い出せるさ。無理すると体によくない。今夜はゆっくり眠るんだ」

一時的なショックで、記憶が混乱することはある。外傷はないし、体内から薬物反応も出なかった。

眠りが男の記憶を再生させると、一樹はまだ楽観していた。

「犬の……散歩してたの、先生……」

「そうだよ。毎晩、海辺を散歩してるんだ。今夜は満月だったから、君の姿もよく見えた」

「犬に……お礼言わないと……」

「そうだな。元気になったら、遊んでやってくれ」

一樹の言葉に、男は静かに頷き目を閉じる。

そうしているうちに、再び眠りが男を優しく包み込んでいった。

高野は一樹より四年先輩だ。同じ医大の出身者で、やはり大学病院に勤務医として残った。循環器《じゅんかんき》系の心臓病が専門で、この病院内でも何人かの難病患者を抱えている。

昨夜の患者のカルテを、高野と一樹は医局の高野のデスクで、同時に覗き込んでいた。

「溺水による、急性心不全かなと思ってたんですが」

「心筋の一部がかなり薄い。これは拡張型心筋症だな。以前の通院歴は？」

男のカルテを横に、高野は超音波エコー像、胸部レントゲン写真などを、一樹に示した。

「本人の記憶が戻らないものですから、まだ分かりません」

「分かんないのか？」

「はい…」

困ったなといった顔で、高野は一樹を見る。

「心臓カテーテルの検査やりたいけど、どうなの、家族は。警察に連絡あった？」

「今朝、警察の生活課に、家出人の届け出があったか確認してきました。警察に連絡があり次第、こちらにも連絡してくれるそうです」

「まだ電話がないってことか。子供じゃないからな。ふらっと家を出ても、心配されるようなことはないだろうし、厄介だな」

　二人は住所氏名の欄に、不明とだけ書き込まれた男のカルテをまた見つめた。

「家族の同意がなけりゃ、診察も先に進めにくい。どうする、相沢？」

　担当医の欄には、相沢一樹と書かれている。この厄介な患者を、一樹は自ら担当すると申し出た。

　朝になって出勤してきた高野が、改めて丁寧《ていねい》に男を診察した。だが診察中の問診にも、男は明瞭な返事をしなかった。

「記憶喪失でしょうか。専門の先生をお願いした方がいいですか？」

　一樹の質問に、高野は眉を寄せる。

「本当に記憶がないのかどうかも怪しいぜ。ほら、外国でもあっただろ」

　記憶喪失だと世界中を騒がせた男がいたが、実は狂言《きょうげん》だったという事件は、人々の記憶にまだ新しい。

「思い出せないんじゃなくて、思い出したくないんじゃないか。午後までに何も思い出さないようだったら、警察に身元調査を依頼した方がいいな。相沢が発見者なんだろ。どこで見つけたって？」

「西浜の、海水浴場の手前です」

「バス停もないとこだろ。車は？」

「そういえば警察官にも同じことを聞かれました。近くに車はなかったです」

「そりゃ怪しいな。金も持ってなかったんだろ？　じゃああんな時間に、彼はどこから来たんだ」

一樹は釈然としない。あの男が記憶喪失のふりをしているとはとても思えなかったが、確かに高野の言うとおり、行動は謎《なぞ》に包まれていた。

「タクシーかもしれないし、徒歩かもしれない。財布とか、携帯とか、何もかも、海に流されちゃったんじゃないですかね」

「まぁ、その可能性はあるが」

高野は大きくため息をついた。

ため息もつきたくなるだろう。カルテに示された男の状態は、決して安心出来るようなものではない。心臓専門の高野には、一樹以上に男の危険度は分かっている筈だ。

「ショックを与えるのは心臓によくないんで、下手《へた》に追及も出来ないしな」

どうするんだというように、高野は一樹を見る。

これまでにも救急の患者を受け入れたものの、処置が終わった途端に逃げられたことが何度かある。大学病院とはいえ慈善病院ではない。厄介な患者を引き受けられる余裕はなかった。

だが男には、入院治療の必要がある。拡張型心筋症は、放っておいて自然治癒《ちゆ》するような病気ではない。定期的に診断を受けて、適切な投薬が必要だ。進行すれば、いずれは手術を受けねばならない可能性もあった。

そんな患者を、簡単に見捨てることは一樹には出来なかった。

「高野先生。俺が責任持ちます」

一樹は思わず口にしてしまった。

「相沢。バカなこと言ってんじゃない。担当医にそこまでの義務はないよ」

「ですが…このままじゃ、彼、どうなるんです。拡張型心筋症と診断されたんなら、すぐに退院も難しいと思いますが」

「とりあえず県内の心臓専門医にあたってみよう。そんなに患者数の多い病気じゃない。どこかに通院していたかもしれないから、記録があるさ」

やはりいざとなったら高野は頼れる。一樹はほっとして笑顔を浮かべた。

「警察にも、よく事情を説明してやったほうがいいな」

「はい。かえってこれで、身元を捜す手がかりになるかもしれません」

家族や恋人がいて、男の疾患を知っていたら、今頃心配しているだろう。午後には連絡があるさと、この時点でもまだ一樹は楽観していた。

担当医というだけで、男の面倒をすべて見る必要などないことくらい、一樹だって分かっていた。けれど男が必死に白衣を握りしめていた様子を思い出すと、突き放すことがどうしても出来ない。

まるで孵《かえ》ったばかりの雛《ひな》のようだ。

最初に目にしたものを親と信じてついて歩く雛のように、記憶をなくした男が、一樹に信頼を寄せているのははっきり分かる。

高野が診察していても、その目はいつも一樹を追っていた。日本語が分からないわけではないのに、高野の質問に答える前、必ず一樹に向けて確認をする。

家族が男を捜している様子もまだないとなると、不安でたまらないだろうに、男は言葉にすることもなくただ一樹を見つめるだけだ。

特定の患者を特別扱いすることは許されないと分かっていても、せめて彼を不安からは助けてあげたかった。

そのためには、一樹に何が出来るというのだろう。

内科の医局に戻った一樹は、急いでメモ用紙を名刺大に切り分けた。

「名無しじゃ可哀相《かわいそう》だもんな」

カルテの氏名欄には、『不明』としか書かれていない。何か仮名を用意してあげようと思ったのだ。

思い付くまま、一樹はメモ用紙に名前を書き始める。

「太郎《たろう》、正《ただし》…つまんねぇな」

医療雑誌があったので、ぱらぱらと開いてみる。学会の偉い教授達の名前を、そのまま書き写した。

「柳三郎《りゅうざぶろう》。重千代《しげちよ》……これはパスしとこう。環《たまき》…浩之《ひろゆき》…敏夫《としお》…うん、これならありだな」

さらにジョークのつもりで、鬼太郎《きたろう》、のび太、蜘蛛男《くもおとこ》に犬太郎《いぬたろう》など適当に書き入れたメモ用紙を箱に入れた。それを手にして、一樹は男の病室に向かった。

ドアをノックしてから、そっと開く。

男は天井《てんじょう》に視線を向けたままじっとしていた。

「どう、調子は？」

一樹の顔を見た途端、男の顔はぱっと明るくなる。けれどやはりどこか寂《さび》しげだ。

「いいもの持ってきた」

「何ですか？」

「一枚、取って、あっ、見たら駄目だ、目を瞑《つむ》って取って」

意味も分からず男は、一樹が差しだした箱の中から一枚の紙を取る。それを受け取った一樹は、困ったなといった顔をして、視線を宙に向けた。

「もう目を開けてもいいですか?」

「んっ…いいよ」

一樹は犬太郎と書かれた紙を、素早く浩之と入れ替えた。

「これが君の仮名だ。これからは浩之って呼ぶことにするよ。気に入らなくても文句言うな。たくさんある中から、自分で選んだんだからさ。名字《みょうじ》は…そうだな、海にいたから海《うみ》野《の》とかでいいんじゃない?」

浩之と書かれた紙を、一樹は男に手渡した。

「本当の名前をいつかは思い出すだろうけど、それまで誰にも名前を呼ばれないって寂しいだろ」

「ありがとう。最高のプレゼントです」

浩之は自分の新しい名前が書かれた紙を丁寧に折って、大事そうに枕元に置く。

「名前だけでも、自分のものがあるって嬉《うれ》しいですね」

病院から貸し与えられたブルーの患者衣に隠された体だけしか、今の浩之が持っているものはない。

発見された時に着ていた、海水まみれのシャツとコットンのパンツはクリーニングに出した。靴下は穿《は》いていなくて、靴はどこかで脱げて波に攫《さら》われたのか片方しかなかった。何も持っていない浩之は、やっと名前だけを与えられたのだ。

「自分のことをどう呼んでたのかな。俺？　僕？　または私？」

浩之の問いかけに、一樹は笑った。

「自分で俺って言ってみろよ」

「俺……」

「今度は僕」

「僕……」

「私」

「私……」

「どれが言いやすい？」

「……分からない」

浩之は本当に分からないようだ。

一樹は子供に教えるように説明した。

「目上の人に対して、丁寧に喋《しゃべ》る時は私だろ。少し砕けていい場では僕だ。同年代の友達とか、家族の前じゃ普通は俺なんじゃないの」

「そうか……自分のことを言うのにも、それだけのルールがありますよね」

「それとも自衛隊のやつらみたいに、自分は、何々でありますっ、とか喋ってた？　ありえないよな、どう見てもそういう雰囲気じゃない」

「自分は海野であります……あっ、無理だ。言いづらい」

浩之の困惑した様子に、一樹は笑った。すると浩之も笑い出す。

「自衛隊の入隊経験はないんだ。それだけでも分かったじゃないか」

一樹に言われて、浩之は頷いた。

「俺が担当医だからかもしれないけど、無意識に丁寧な喋り方してる。常識も身に付いてるってことだよな」

「……」

浩之はまた頷いた。

「僕と言うようだったら、大学生だったのかな。それともサラリーマン？　営業職は私とか言いますよね？」

一樹は浩之の側に椅子を置いて座ると、その手を取ってじっと観察した。

「何を見てるんです？」

「一日中何かを書いてる人間には、ペンだこがあるだろ。料理人だったら、包丁で作った傷があるかもしれない。手にも履歴ってあるもんだよ」

浩之の手はほっそりしている。指の腹まで触りながら、一樹は丁寧に観察した。つまらぬヒントでも、何かを思い出すきっかけになればいい。そうやって手から、浩之の生活歴を捜そうとした。

「あれ、もしかして……ギターとかやってた？」

一樹は浩之のざらつく指先に触れながら訊いた。

分かっていればすぐに返事が出来るだろう。けれど浩之は思い出せなくて苦労しているのだ。かえって救いを求めるように、浩之は一樹を見つめ返す。

「いいか。右手と左手の指先、皮の厚さが微妙に違う。ギターって左手で弦《げん》を押さえるだろ。こっちの方が厚いよ」

言われた浩之は、真剣な眼差しで手をじっと見つめていた。

「そうか…じゃあ、僕は音楽とかやってたのかな」

「……浩之……」

「はい？」

「今、すごく自然に僕って言ったな」

「あっ……」

「ビンゴー」

　一樹は思わず、浩之と手を打ち合わせていた。

「僕って日常的に使うってことは、いいとこのぼっちゃんかもしれない。普通は俺だろ」

「そうなんですか？」

「着ていた服も、高そうだったもんな。栄養状態も悪くないよ。ちゃんと生活してた感じはするね。安心していいよ、すぐに家族が迎えに来るって」

　安心させるように言ったつもりだが、途端に浩之の顔はまた曇りだした。

「分からないですよ。本当はとんでもない詐欺師《さぎし》だったかもしれない。殺人者……の可能性だってある……」

　浩之は、またもや縋るような視線を一樹に向けた。

「駄目駄目、そういう暗い発想はしないように。心臓に負担かけるだけだ」

　せっかく明るさを取り戻し、いい雰囲気になっていたのにと一樹は慌てた。

　浩之の手は、そんな一樹の白衣を握っていた。どうやら白衣を握ることで、浩之は安心するようだ。

「無理に思い出さなくていいんだよ。そのままの君が、ここにいるだけでいいんだ。あまり悩むなよ」

白衣を握る浩之の手を、一樹は上から強く握る。

いつまでもここにいるわけにはいかないが、こんなことをされていると立ち去りがたい。

甘やかしてはいけないと分かっていても、甘やかしてあげられるのが今は自分しかいないことも、一樹はよく分かっていた。

期待はあっさりと裏切られた。その日の夕方になっても、ついに浩之の家族から連絡はなかったのだ。

県内の心臓病専門医を調べたが、やはりそれも徒労《とろう》に終わった。県外になると、範囲はどんどん広くなってしまう。そうなるともう警察に任せるしかない。

浩之はまだ絶対安静の状態だ。

海にいた理由が、自殺目的だったとしたら、いきなり何もかも思い出して、再度自傷行為に走らなければいいがと一樹は心配した。

医者とはいえ、人間の記憶に関しては一樹にもよく分からない。浩之は物の名前を認知していて、自分がいる場所が病院だというのも分かっている。注射をされる時は、自然な感じで腕を差し出すし、看護師がする処置の数々も嫌がらずに受けた。

なのに自分のことだけが思い出せないとなると、かなり強度の精神的ストレスを受けたのだろうか。

自殺しようとしたことを、体が忘れさせようとしている。

そう考えてしまうと、何となく納得してしまいそうだが、憶測《おくそく》だけで進めてはいけない。

それにしても家族はどうしたのだろう。これが旅行先での事故で、まだ旅行の途中だから、連絡がなくても不思議に思っていないだけだろうか。

考えながら一樹は、仕事が終わった後、自宅に帰る前に地元の大型スーパーに寄った。浩之のために、せめて替えの下着と歯ブラシくらいは、用意してやろうと思ったのだ。病院内で用意出来ないものではないが、案外スーパーの袋とかを見たら、何かを思い出すかもしれない。この町で暮らしていたのなら、一度くらいはこの店に寄った可能性がある。

「相沢先生、お買い物？」

歯ブラシを選んでいた一樹は、声をかけられて振り向いた。見ると同じ大学病院の小児科に勤務する、遠野純子《とおのじゅんこ》だった。

「さっきから見てたのに、気がつかなかった？」

化粧品会社の名前が入った小さな紙袋を手にした純子は、面白くなさそうに口を尖《とが》らせる。

「何だよ、見てないで声かければいいだろ」

「楽しそうな顔して、買い物してるんだもの」

純子は笑う。

親しい者だけが見せる笑いだった。

一樹も照れたように笑うしかない。

「昨日から大変だったみたいね」

二人は並んで歩き出す。

寄り添うようにして歩く姿に違和感はない。それもその筈だ。三カ月前から、二人は大人の関係になっていた。

純子は一樹より二歳年上だった。お互いに多忙な勤務医だから、普通のカップルのように付き合っているのとは少し違う。

相手のことより、仕事が優先だ。暇があったら一緒に食事をしたり、時にはベッドも共にしたりするが、緊急の呼び出し電話がかかれば、恋人の顔を捨てて医者に戻る。

愛情があるのかどうかも、今はまだはっきりしない。友情以上、恋愛未満で、大人だからたまにはセックスもする関係だが、先のことは全く考えていない。そう思っているのは一樹だけだろうか。

二人はレジに並ぶ。籠《かご》に入っているのは、下着と歯ブラシ、それに歯磨きと日用品ばかりだ。純子に見られても恥ずかしい筈はないのだが、浩之のために買ったことを知られるのは、何となく恥ずかしかった。

「看護師が騒いでたわよ。記憶のない彼、イケメンなんですって？」

「俺の方がいい男だけどな」

そう言いながらも一樹は、浩之がそんな些細《ささい》なことでも評価されたことが嬉しかった。

ビニールの袋に入った商品を見て、浩之は何か思い出すだろうか。かさかさと乾いた音のする袋を提げて、一樹は純子と再び歩き出す。

「彼、あんな時間に海にいたなんて、自殺しようとしたのかしら」

「いや、そうじゃないさ。あいつは人魚王子なんだ。魔王に足をもらって、人間になったんだよ」

「やだっ！」

純子は噴き出しながら、一樹の体を思いきり叩いた。

「何だよ、おかしいか？」

「やめてよ、もう。似合わないこと言わないでよ」

「俺が言うと変？」

一樹もにやにやと笑い出す。自分で言っていて、おかしかったのだ。

「あいつ、そんな雰囲気なんだよ。どっか現実離れしてるっていうかさ」

診察するために見た浩之の裸体が、突然脳裏《のうり》に浮かんだ。

夏が終わったばかりだというのに、ほとんど陽に焼けていない。半袖のシャツで営業に回るサラリーマン達は、腕と首、それに顔だけは陽に焼けていたりする。バイトに明け暮れるような大学生でも、腕は焼けていたりするものだ。

浩之の体は真っ白だった。

彼の上にだけ、夏は訪れなかったかのようだ。

「どこかで食事する？　それとも……一樹の家に行っていい？」

「……」

いきなりの問いかけに、一樹は咄嗟《とっさ》に返事に詰まった。

純子は甘えた口調で言う。

「一樹の作ってくれるパスタ、おいしいんだもの」

食事をして、セックスしたら、純子は深夜でも自分のマンションに帰る。明日も忙しいからというのがその理由だが、今日はなぜかそんな関係が侘《わ》びしく思えた。

関係を一歩進めるために、泊まっていけばと言えたらいい。どうしてそんな簡単な言葉が、すんなり出てこないのだろう。

食事にセックス。欲望のための時間は共有出来るのに、意味のない時間を共有することがない。お互いに忙しいというのは、何だか口実のような気がする。本当はより深く相手の中に入り込むことを、恐れているのではないだろうか。

駐車場に停められた、純子の車の側《そば》までそのまま付き添った。

一樹の車は少し離れた場所にある。自分の車を捜そうとした一樹は、それとなく空を眺める。

月が出ていた。

僅《わず》かに欠けた月は、優しい光をあまねく地上に投げかける。

一部屋だけを照らす灯りと違って、月は誰にも平等だ。きっと今頃は、浩之の部屋にも月光が射し込んでいるのだろう。

死ぬかもしれない危険な状態だったのに、家族にすら気がついて貰《もら》えない。

自分が誰か思い出せないというのは、どんなに不安だろうか。

連絡したくても出来ずに、一人で月を眺めている浩之のことを考えると、このまま自分だけが快楽の時間を持つことが、何だか今夜は罪深く感じられる。

「今日はちょっと寄るところがあるんだ」

一樹の言葉に、明らかに純子は失望したようだ。

「どこに行くの？　あたしがついていったら邪魔？」

珍しいこともあるものだ。いつもは一樹が何をしようが、あまり興味もないような純子が、今日に限って行き先まで聞いてくる。

「悪いけど、昔の知り合いのとこだから。食事はまた今度にしよう」

「分かった。じゃ、今度、ご馳走《ちそう》して」

純子のいいところは、諦《あきら》めるのも早いところだった。

一樹は軽く手を上げると、そのまま自分の車に向かって歩き出した。

純子には悪いと思ったが、一緒にいたい気分ではなかった。

知人と会う約束をしたのも本当だ。

浩之の記憶を取り戻すのに、少しでも役立てばいいと、ギターを借りてこようと思った。

どんな曲を好むかで、浩之の生育歴《せいいくれき》が分かるかもしれないし、記憶が蘇《よみがえ》るかもしれない。

「人魚王子……ありえねぇー」

自分の車の鍵を開けて荷物を入れながら、一樹は苦笑いをする。

自分で口にしながら、そんなことを考えてしまったことが、死ぬほど恥ずかしかったのだ。

月は日増しにやせ細る。それにつれて姿を現す時間も遅くなり、中天《ちゅうてん》に上る頃には、朝日がその姿を儚《はかな》げなものに変えてしまうのだ。

一週間が過ぎたが、浩之を捜す人間は誰も現れなかった。

成人した男性だ。一週間程度、身内や友人に連絡がないというのもよくあることなので、誰も浩之の身に起こったことを、知らずにいるのかもしれない。

警察ももう少し様子を見たらと、なかなか本腰を上げてはくれなかった。最後はマスコミを頼ったらとほのめかされたが、浩之の今後のためにもそれはあまりいい手段ではないと一樹には思えた。

浩之の病室は、最初の何もない状態に比べてかなり賑《にぎ》やかになっていた。

一樹が贈った様々なものが増えていたからだ。

「幕末の人、ヒントは虎徹《こてつ》……近藤勇《こんどういさみ》だ」

浩之は一樹が与えたクロスワードパズルの雑誌に向かい、丁寧にマス目を埋めていた。

「フレンチカンカンでお馴染《なじ》みの……ムーランルージュ?」

側で見ていた一樹は、浩之が実はかなり教養のある男だと思った。どの程度の知識があるのかとパズルを与えたら、難問をすいすいと埋めていく。ただ最近流行《はやり》のものは、あまり得意ではないようだ。

知り合いからギターも借りてきた。とんでもない曲を弾くのかと期待していたが、浩之が弾いたのはクラシックの曲と、僅かにビートルズだけだった。しかもそれほどうまいとは言えない。

練習はしているのだろう。だとしたら、始めたのはつい最近なのかもしれない。それでも確かな手応《てごた》えだと思える。

ギターを弾いているうちに、ふと自宅で練習していた様子など思い出すかもしれない。なぜ弾くのが、そんな大人《おとな》しげな曲ばかりなのか。推理していくうちに、浩之の家庭環境が浮かび上がるかもしれないのだ。

けれどそう簡単に結果は出なかった。記憶が蘇る前に、二人して看護師にうるさいですよと叱られてしまったのだ。

「先生、今夜は宿直？」

「ああ…」

書き終えた雑誌を手渡しながら、浩之は尋ねる。

答えの埋められたパズル雑誌を目にしながら、一樹はその正解率の高さに驚く。ものによっては、一樹でさえ答えを知らないものがしっかり書き込まれていた。

「いつも先生を独占してるみたいだな」

「んっ？」

浩之の言葉に、一樹は顔を上げた。

確かに自由な時間があると、ついこの部屋に寄ってしまう。見舞客もない浩之の孤独を埋め、記憶を回復させる手助けになればいいと思って、出来るだけ相手をしてあげたいと思っていた。

寂しいだろうと心配するのは、同情されているようで嫌だろうか。不安で泣くようなガキじゃないさと、浩之にも反発心が起こったかもしれない。

自分では親切のつもりでも、そこに欺瞞《ぎまん》の匂いが感じられただろうか。

不安になって、一樹は浩之を見つめた。

同じように浩之も、一樹を見つめている。

「先生って、この病院で人気あるんだね」

ぼそっと浩之は呟《つぶや》いた。

「そうかな？」

「看護師が言ってたよ。相沢先生は、独身だし、飾らない性格だから人気あるって」

「あいつら、ここに来てそんなこと言ってんの」

「先生、もう無理して、毎日ここに来てくれなくてもいいよ」

浩之の言葉は、一樹にとって衝撃だった。

何も無理して来ているのではない。自分が来たくて来ているだけだ。

担当医の責任もある。

だがそれだけが理由じゃない。

一樹は浩之といたかったのだ。

この時間は、一樹にとっても愉《たの》しみになっている。浩之はこれまで一樹が付き合ってきた友達とは、明らかに雰囲気が異なっていた。けれど話し相手として面白い。もしこんな出会いでなくても、きっと浩之とは友達になれたような気がした。

「無理なんてしてないさ。それとも迷惑だったか？」

浩之は一人でいたいのだろうか。そんな筈はない、いつだって一樹がこの部屋を訪れると、あの縋るような目で見ているではないか。

一樹が部屋を出る時、行かないで欲しいとその目は語っていなかったか。

言葉には決してしないが、浩之が自分を求めていると一樹は思っていた。それは単なる自惚《うぬぼ》れだっただろうかと、一樹は狼狽《うろた》えた。

「そうだよな。俺、精神科医でもないのに、余計なことし過ぎたかもしれない。何でもいいから思い出せって、浩之にプレッシャーかけるつもりはなかったんだ」

「違うよ……」

浩之の手は伸びて、またもや一樹の白衣を掴《つか》んでいた。

「昼間の空にも星があることをみんな忘れてる。見えなくても、星はいつだってそこにあるんだ」

「何だ？　何か言いたいんだ」

浩之の言葉は謎めいている。一樹にはその意味するところが分からない。

「月だってそうだ。いつも空のどこかにあるのに、忘れられている」

「……」

「見えなくてもあるんだよ。それは……誰にも消せないものなんだ」

「俺には難解な話だな。もう少し分かりやすく言ってくれよ」

「いいんだ。自分でも、どうしてこんなこと言いだしたのか、よく分からない。気にしないで」

浩之はぱっと手を放した。そのまま浩之は、ベッドに横たわり、目を閉じてしまった。

時計を見ると、そろそろ消灯の時間が近づいている。

「消灯時間だから、行くよ。俺が邪魔だったら、ここに来るのを控えるから」

「邪魔だなんて思ったことない。本当はもっと先生と話していたいけど、無理なのは分かってる」

寂しそうに言う浩之を元気づけるために、一樹は浩之の髪をくしゃっと乱した。浩之は驚いたように目を開いて、一樹を見上げる。

「外出出来るようだったら、休みの時に、俺んち来いよ」

「……」

突然、新たな提案が口をついて出た。外泊許可を取れないことはないが、それにしても唐突《とうとつ》な申し出だ。浩之は驚いただろうが、一樹としてはやはり一度、自分が付き添って浩之を外に連れ出したかったのだ。

一日も早く、記憶を取り戻して欲しい。そうして安心して、治療に専念してもらいたかった。そのためにいろいろとやってきたが、正直、もうお手上げだ。人によっては、一生失った記憶を取り戻せない場合もあるという。

ただ記憶を失っただけなら、時間をかけて失った自分捜しをすることも出来る。けれど浩之には、心臓という厄介な問題があるのだ。

「その……医者と患者って意識しないで、友達ってことでどう？　病院の真っ白な壁だけ見ててもさ。退屈だろ」

またもや押しつけがましくなっていないかと、一樹は緊張していた。

「医者付きの外泊だぞ。安心していいから。嫌か？」

「行きたいけど……」

「症状は安定してきてる。外に出たら、何か思い出せるかもしれないし。ゴロにも会わせたいし」

浩之を安心させるために、一樹は精一杯の笑顔を見せた。気のせいか、浩之は涙ぐんでいるようにも思える。

「俺さ。料理とかうまいんだ。浩之は塩分制限あるからな。特製のやつを作ってやる」

「いいよ……そこまでしなくても」

「ただのお粥《かゆ》ってのはどう。まずくても文句は言わせない。覚悟しとけよ」

一樹はそれだけ言うと、消灯の点検に回り始めた看護師が来る前に、浩之の病室を出た。

光量を絞られて、暗くなった廊下を歩きながらも、浩之の言葉が蘇る。

見えないけれど、いつもそこにあるもの。

いったい何だろう。

ありとあらゆる答えが、浮かんでは消えた。

命と入れたらどうだろう。目には見えない形で、そこにあるものだ。

過去はどうだろう。消えてしまった時間も、確かにそこにあったものだ。

罪と入れたら……誰もがまだ知らない罪、見えていない罪。浩之は過去に犯した罪に怯えているのだろうか。

あるいは愛。そこまで考えて、一樹は苦笑する。

「おかしなことばかり言うから、あいつを人魚王子だなんて言いたくなるんだ」

どこか現実感のない浩之だからこそ、あんな言葉も不自然ではなく聞こえる。それがまた浩之の魅力だった。

翌日、一樹は高野のところへ、外出させていいか意見を聞きにいった。

担当医である一樹が、許可すれば外出は可能だ。だがここは、専門家である高野の意見もぜひ聞きたい。

「高野先生。海野浩之君の外出許可なんですが」

「外出？　体内に爆弾抱えてるような状態だ。分かってるのか」

散らかったデスクの上を、高野はごそごそと弄《いじ》くり回しながら言った。どうやら必要な書類が見つからないらしい。一樹は横からそっと手を出し、素早く書類を整理しながら言った。

「このままじゃ、何の進展もありません。外に連れ出したら、何か刺激になるかと思ったんですが」

「刺激が強すぎると、またぶっ倒れるぞ」

「俺がいますから」

高野は動きを止めて、デスクの整理を一樹に任せた。

「手術の承諾書。森山さんの……」

それとなく捜し物を示している。一樹は頷き、書類の中にその名前を捜した。

「相沢。お前、弟か妹いるか？」

「いえ。俺は次男です。兄と姉がいますが」

「浩之、弟みたいで可愛いんだろ」

「えっ……あっ、まぁ……」

「毎日、病室に通い詰めだってな」

「いや、まぁ、そうですが」

高野にまでばれている。一樹は恥ずかしかった。

「あっ、ありました。承諾書」

「おおっ、あったか。助かった」

高野は満面の笑みを浮かべて、一樹の背中をとんとんと叩いた。

「いいだろ。外出は許可するが……しっかり浩之を見張ってろ。こんな言い方は嫌だが、自殺しようとしたのなら、あいつ……思い出したらまたやりかねないぞ」

一樹も同じように感じていた。心臓病を苦にして自殺を謀ろうとしたなら、記憶が戻った途端にまた自殺に走るかもしれない。そのせいで、浩之は思い出したくないのかもしれなかった。

「高野先生、俺では浩之の力になれないでしょうか」

ついでに高野の散らかったデスクを片付けながら、一樹は自信なげに呟いた。

「もうなってるだろ」

「それでも思い出したら、また自殺しようとするかな」

そんなことはないと、高野も即座に否定しない。出来ないのだ。

まだ誰にも、浩之がなぜ海岸に倒れていたのか、正確な理由は分からなかった。

「記憶が蘇ったら、逆に今日までのことを忘れてしまうんでしょうか?」

一樹の質問に、高野は眉を寄せる。

「俺達が浩之に生きて欲しいと願ったことも、覚えてないことになるんですか。それだったらこのまま、思い出せない方がいいのかもしれませんね」

「そうかな? やはり思い出して、もう一度自分としっかり向き合った方が、浩之のためになると思うけどな」

「死にたいほど辛《つら》い思いを、追体験しろってことですか」

「自殺だと決まった訳じゃない。俺の言い方が悪かった」

なぜ人は、自ら命を捨てようとするのだろう。助けたくても、助けられない命が無数あるというのに、天の配剤《はいざい》は不公平だ。

「浩之にとって、無理に思い出させようとする俺の行為は、迷惑なだけでしょうか」

思い出したら死にたくなる。

なのにどうしても思い出せと追い立てる一樹に、浩之は怯えていないだろうか。

「相沢。どうした……らしくねぇよ、お前」

「えっ……」

「浩之に嫌われる心配する前に、あいつの命を助けるのが先決だろ。死なせないように努力をするのが、医者じゃなかったか」

「はい」

「倒れる直前がどんなに辛かったとしても、そこからあいつは生き直さないといけないんだ。そのためには何が必要だ？」

「家族を見つけることです」

一樹は頷くと、高野のテーブルの上に散らばった、小さなプラスチックの類をゴミ箱に捨てようとした。

「うおっと、待てーっ。それは駄目。捨てるなって、大事な部品だから」

「はっ？」

「そっちにまとめといて」

「あっ、はい……」

そういえば高野は、入院患者の容態が急変しそうな時は、病院に残っていることが多い。そんな時に何をしているかといえば、こっそりとプラモを作っているのだ。どうやらゴミに見えたものは、大切な部品だったらしい。

「わりぃな、掃除までさせちまって」

「いえ」

デスクの上は、いつの間にか綺麗に片付いている。一樹にとっては何でもないことだったが、高野にとっては苦手なことらしい。

細かい血管まで繋げる高野なのに、日常における繊細《せんさい》さはまるでなかった。

「外出したら、何か思い出せるといいいな」

高野は綺麗になったデスクを見て、満足そうに微笑んで椅子に座る。

「高野先生、ありがとうございます」

何に対して礼をしているのか。

浩之のために必死になっている自分を、高野が励ましてくれたようで、一樹は嬉しかったのだ。

その夜、一樹は純子とイタリアンレストランで食事をした。よく二人で来る店だ。メニューを出されてもあまり見ることはせず、一樹はいつも食べているようなものばかり注文していた。

久しぶりのデートなのに、心は弾《はず》まない。自然と無口になっていて、一樹の表情は険しかった。

「元気ないわね。頼まれて、宿直代わってたんでしょ」

「ああ……」

疲れているのもあって、純子相手だからつい甘えが出たようだ。

今夜の一樹は、同僚としては面倒なやつで、恋人としては最悪だっただろう。

「浩之君の外出許可、取ったんですって？」

「早いな。何でそんなことまで知ってんの」

「浩之君、みんなに注目されてるからね」

純子の注文したミネラルウォーターと、一樹のワインが運ばれてくる。アルコールを飲めるのは、今夜は純子の車で来たからだ。

もう何日も純子とは寝ていない。同僚の内科医が体調を崩しているので、宿直を代わってやったりしていたせいだ。

なのに純子と二人きりになっても、性欲は湧いてこなかった。料理を待つ間も、鬱々《うつうつ》として気分が晴れない。やはり浩之の問題が、ここでもまだ影を落としている。

「何にでも一生懸命になれるのが、一樹のいいとこだけど、無理してない？」

純子は心配そうに言った。

「浩之君の記憶が戻らないからって、あまり同情することはないわよ」

「……同情なんてしてないよ」

「してるわよ。彼に家族か恋人がいて、毎日お見舞いに来てたらどう？　あんなにしょっちゅう、病室に行かないでしょ」

純子ははっきりとものを言う女性だ。そこがさっぱりしていて好きだったが、今回は少し鬱陶《うっとう》しかった。

出来るなら放っておいてもらいたい。そんな気分になってしまう。

前菜の皿が出る。一樹は生ハムを口にしながら、塩分制限の食事についてぼんやりと考えていた。

心臓病の患者が気をつけたいことは、過度の疲労とストレスを避けること。それに飲酒喫煙、暴飲暴食《ぼういんぼうしょく》だ。食事は腎臓に負担をかけないように、減塩を心掛けないといけない。

「浩之君に食べさせたいメニューでも考えてるの？」

「よせよ」

ずばり言い当てられて、一樹は狼狽えた。

「患者は医者に、心でも依存するのよ。時には、恋愛感情かと思えるくらい激しくね。このままだと、浩之君、一樹に依存するようになるわ」

そう断定する純子に、一樹はまともな反論も出来ない。ワインのせいだけではなく、顔が赤くなっていた。

「彼は成人した男性だけど、今の精神状態は子供と同じなんだ。誰かが側にいてやらないと、不安で押し潰されちまう」

「それは分かるけど、今の一樹は、浩之君に依存されて喜んでるんじゃないの。医者として、そういうのってどう？　どの患者も平等でしょ。一人の患者だけに、特別な思い入れを持つのはよくないと思う」

「自分が誰かさえも思い出せないんだ。家族が付き添ってくれてる患者と、同じようには考えられないだろ」

苛立った様子で一樹は言った。

「あなたに甘えていたいから、思い出す努力を放棄してるんじゃないの」

「おい……それは言い過ぎだよ」

「本当は思い出して欲しくないいんでしょ。そうすればいつまでも、あなただけの浩之君だもんね」

「どうしたんだ。今夜の君はずいぶん残酷だな」

冗談だろと笑い飛ばせない。

浩之の身元が判明しないまま、ずっと側にいて欲しいと願っていることに、今、この一瞬、純子の言葉でより強く気付かされてしまったからだ。

白衣を握りしめる浩之の手。

あれは誰かに縋りたいという心がさせることだ。

どうして一樹が浩之を守ってはいけないのだろう。いけない理由は何もないように思える。

「ごめんね。あたしも女なのよね。時々、自分でも嫌になるくらい、女に戻ってしまうの。つまんない嫉妬《しっと》なんかしてごめんね。一樹は真面目《まじめ》だから、患者のことをほっとけないってのは、よく分かってるつもりなんだけど」

純子は勝ち気そうな顔に、滅多《めった》に見せない寂しさを匂わせた。

恋人だったら、ここで安心させるような一言を言ってやるべきだ。けれど今夜の一樹は、どうしても適切な言葉が浮かばない。下手をすると、純子を傷つけてしまいそうで、何も言えないままだった。

「一樹を取られたみたいで…ちょっと悔《くや》しいな」

無理に笑顔を浮かべて純子は言った。

相手は患者だ。考えすぎだよと言ってしまえばいいことなのに、一樹は黙ってワインを飲んだ。

「浩之君の家族が見つかれば、何もかも解決するのにね。彼には家族がいないのかしら」

気を取り直したように、純子は言った。

その可能性もある。家族もなく、心臓に疾患を抱えていたら、絶望感から自殺に走ったかもしれない。

「両親がいなくても、伯父さんとか叔母さんとかいるだろう。もっとも親戚ってのは、そうそう心配してくれるもんじゃないけどな」

「こうなったらマスコミに公表したら？　記憶喪失の美青年なんて、喜んで取材に来てくれるわよ」

「浩之が何の病気か知ってて、そんなこと言うのか？」

「本人を出す必要はないわよ。写真を公開するだけでも違うわ。高野先生も、苛々《いらいら》してるんじゃないの。浩之君の治療を進めたいんでしょ」

「俺だって、浩之の記憶を取り戻すために、努力してるんだ。外泊許可だって、その意味もあるんだし」

ここのレストランは、近隣でも一番と言えるくらい味のいいレストランだ。なのに今夜に限って、何を食べてもおいしくなかった。

純子も同じような思いをしているのだろう。料理が出てきても、いつものように綺麗に片付かない。

「安静が何より大事なんだ。事情もよく判らずに、残酷な質問をしてくるマスコミを、浩之に近づけさせるなんて出来ない」

「でも家族が見つからなかったら、この先の治療にだって支障が出るのよ。同意書がなければ、手術だって出来ないじゃない」

「いざとなったら弁護士たてて、俺がすべて責任持つよ」

「そこまでする必要がある？　医者と患者の立場を逸脱してるわ。浩之君が最初で最後の患者じゃないのよ」

一樹は大きく肩でため息をついた。

これ以上この話を続けていたら、本気で喧嘩《けんか》になってしまいそうだ。黙っている方がいい。そう思って一樹は、黙々と食事を続けた。

「怒ったの？」

「いや……自分でもどうしたらいいのか分からなくて、ぐるぐるしてるんだ」

純子といるのに、頭の中は浩之でいっぱいだ。今すぐにでも病院に戻って、寝顔を見て安心したいくらいだった。

「違う話、していい？」

「ああ」

「お正月ね。スキー行かない？　私の家の近くに、新しいスキー場がオープンしたの」

「へぇー、いいね」

一樹の気を引き立たせるためか、純子はいきなり話題を変えた。

やっと一樹は、自分の役目を思い出す。

今夜は久しぶりのデートなのだ。いくら同僚とはいえ、いつまでも職場のことばかり考えていてはいけない。

ましてこ純子の切りだした話題は、意味の深いものだ。

純子の実家の近くにあるスキー場。そこに行ったら、帰りはきっと家に寄れとなるだろう。そこでそれとなく純子の両親に、一樹を引き合わせるつもりなのだ。

そろそろそういう時期だろうか。早いんじゃないかとも思うが、お互いに仕事を持つ大人だ。いつだったらいいと、明確に日にちを決められるような問題でもない。

こういった話題はいつか出るだろうと覚悟はしていた。逃げることも出来たが、一樹にそんないい加減な真似は出来ない。

「友達がそこのスキー場のホテルで働いてるの。予約しといていいかな」

「まだ先だろ。早くないか？」

「お正月よ。今からでも遅いくらいじゃない」

いつもの二人に戻ったような気がした。純子は食欲を取り戻したのか、お腹いっぱいといいながら、料理を平らげていく。

依存。その言葉が、一樹の中に重くのしかかっていた。

浩之は一樹に依存する心地よさを知り、自ら思い出すことを放棄しているのだろうか。

それでは努力したことの意味がなくなってしまう。

もしかしたら一樹も、純子の言うとおり、浩之に依存されることを喜んでいるのかもしれない。

このまま何も思い出さないでいてくれたら、確かに浩之はずっと一樹の側にいることになる。

それが一樹の望みではない筈だ。

何もかも思い出してくれればいい。それからまた友人になってもいいのだ。

依存ではない。依存させてはいけない。一樹はまたもや自分の中に引き籠《こ》もってしまい、純子に失望の表情を浮かべさせてしまった。

レストランを出てからも、一樹は押し黙ったままだ。

車に乗り込もうとしている純子に向かって、やっと一樹は口を開いた。

「俺、タクシーで帰るよ」

「何よ、それ。そんなに私の意見が気に入らなかったの」

「このまんま話していたら、喧嘩になりそうだ」

「私は喧嘩する気なんかないわよ。一樹が素直になってくれないだけでしょ」

純子にしては驚きだろう。これまで二人の間で、ささいな口論はあっても、喧嘩になるようなことは何もなかったのだ。

「そんなに浩之君のことが心配なの？」

「ああ、そのせいかな。今は、一人になりたい」

そう言われると、純子としてもこれ以上一樹を引き留めることは出来ない。

「これだけは忘れないで。あなたは精神科医じゃない。内科医。体を治す医者で、心を治す専門家じゃないわ」

「……」

「心療内科を志すには、まだまだ勉強不足だしね。精神の領域は、専門家に任せるべきよ。一人で何もかも背負《しょ》い込もうとしないで」

そう言われても、一樹は素直になれなかった。

「なぁ、患者と恋愛したことある？」

ズボンのポケットに手を突っ込んだまま、一樹はぼそっと呟いた。

なぜか今は純子を恋人だとは思えない。一樹に姉はいないが、本当の姉に対して秘密を告白している弟のような気分になっていた。

「あるわけないでしょ。私、小児科医よ」

純子は呆《あき》れたように笑った。

「医者と患者ってのは、恋愛関係になったらいけないのかな」

「その前に、彼が男だってことをもっと考えたら？」

「お、俺のことじゃなくて、一般論だよ。本当に今夜の君は残酷だな」

「隠さなくていいわよ。今夜のあなたは、特別残酷ね」

純子は一樹が言った言葉を、そっくりそのまま返してくれた。

確かに一樹を好きな女性に対して、これほど残酷な言葉はないだろう。

「変なこと訊いて悪かった」

「謝らないで。一樹らしくないから」

「それはないだろ」

喧嘩をしたくないと思っても、どうしても口調は荒くなってしまう。一樹はため息で誤《ご》魔《ま》化《か》すしかなかった。

「別に浩之に対して恋愛感情があるわけじゃないんだ。なのに、どうしても目が離せない。俺は浩之の担当医で、相手が男だって分かってるさ。けど俺のしてることは、おかしく思えるかな」

「そうね、おかしいわよ」

純子は笑って言った。

「病院内で噂になる前に、もう少しうまく距離を取りなさい」

「……」

「出来そうもないって顔ね。でも冬までには、冷静に戻って」

純子は恋人の声になって言った。

「別に急がせるつもりはないの。あなたの気持ちを知りたかっただけ」

「行きたい気持ちはあるけど、今は、行けるかどうか分からない。そんな答えしか言えなくて、ごめんな」

「いいわ。今夜は許してあげるから」

言いたいだけ言うと、純子はさっさと車に乗り込み、スタートさせてしまった。

一樹は駐車場に一人残され、去っていく車のテールランプを見つめる。

取り返しのつかないことをしたのかもしれないが、あまり後悔はなかった。むしろどこかほっとしている自分がいる。

純子の言ったとおりだ。

残酷な男だと思う。

一樹はそのまま顔を上げて月を捜したが、今夜はまだ月は上っていない。それどころか星すら見えない。薄い雲が空を覆っていたが、夜の闇《やみ》に溶けてしまったのか、雲の形ははっきりと見えなかった。

下弦《かげん》の月は、朝方に目にすることが出来る。だが今朝は曇っていて、青い空に微かに見える細くなった半月を捜すことは出来ない。

今日は日曜だ。自分が休みだったのもあるが、見舞客の出入りが多い日ということもあって、一樹は浩之を外に連れ出したかった。

入院してから十日になるというのに、家族に捜されることもない浩之だ。きっと寂しい想いをしている。決して自分から愚痴《ぐち》らないのも、余計に可哀相に思えてしまった。

「ようっ」

部屋に入ると、浩之は嬉しそうな笑顔を一樹に向けた。

「ここに来てから、初めての外出だ。緊張してる?」

ううんと浩之は首を振る。その目の前に、一樹は紙袋を差し出した。

「着替えだよ。俺のだけど、サイズそんなに違わないだろ。俺の方がちょっと背は高いけど」

実際は百八十センチ近くある一樹とでは、身長差はかなりある。ほどよく筋肉のある一樹とでは、大きさはワンサイズ違ったが、浩之に似合いそうなものを苦労して捜してきた。

もっと痩せていた学生時代に穿いていたコットンのパンツに、フリーサイズの長袖シャツだ。柔らかなカーフの靴も用意した。

「僕の着ていた服は？」

「警察が持っていった。ブランドものだから、身元を捜す手がかりになるかもしれないからさ」

着ていた服と、似た雰囲気のものを選んできたつもりだ。患者服を脱がせて、一樹は早速着替えさせてみた。

すると浩之の雰囲気はがらりと変わった。

頼りなげな雰囲気から、浩之をずっと年下のように思っていたが、一樹とそんなに歳の開きはないのかもしれない。とても落ち着いた、大人の男のように見えてしまう。

浩之の姿が眩《まぶ》しい。

まるで知らない男を見ているようだ。

「おかしい？」

病室に大きな鏡などない。浩之は不安そうに一樹に訊いた。

「いや、俺より似合ってるからむかついただけ」

一樹は照れたように視線を外した。

二人は揃《そろ》って病室を出る。

すれ違った看護師が、「浩之君、相沢先生とデート？」と笑いかける。すると今度は浩之が、真っ赤になって俯《うつむ》いた。

照れながらも浩之の足は軽い。

やはり外出を喜んでいるのだ。

駐車場に向かう間も、一樹は浩之のためにゆっくりと歩く。腕を取るか、肩を貸すかしたかったが、やはりまだ人目があると思うと、変に意識してしまって手を差し出せない。

「せっかくの外出なのに、天気悪いな」

外に出ると、空にはどんよりと重たい雲が垂れ込めていて、今にも雨が降り出しそうだった。

「無理はさせたくないけど、少しドライブしようか？」

この辺りを走れば、少しは何かを思い出すかもしれない。そう思って提案しながら、一樹は自分の愛車のドアを開いて、浩之に乗るよう促す。

浩之は慣れた動作で助手席に座り、言われなくてもシートベルトをすぐに着けた。

「車に乗り慣れてる」

「えっ……そうかな」

「座って三秒でシートベルトを着けた」

運転席に乗り込み、エンジンをスタートさせながら一樹は言った。

「運転してみるか？」

「出来ないと思う。そっちに座りたいと思わないんだ」

「うーん、どうなんだろ。運転が嫌いってだけじゃないか」

警察が採取していった浩之の指紋からは、何も浮かび上がらなかった。少なくとも自転車窃盗などの犯罪も、過去に犯していないということだ。運転免許がありそうなら、そこから手がかりが見つかるかとも思ったが、それも可能性は薄そうだ。

「ハンドル。ギア。ウィンカー、何か思い出さない？」

車の各部分に触れて説明したが、浩之は困ったような顔をするだけだ。

「それじゃ、行こうか」

車をスタートさせると、浩之はリラックスした様子で窓の外に視線を向けた。やはり助手席に乗り慣れているからだろう。言葉でどう説明することも出来ないが、雰囲気でそれとなく察しがつく。

こうやって何とか浩之の身元を捜そうとしているが、一樹の中にはもう一つ別の感情が生まれつつあった。

このままいつまでも、浩之の身元が分からないでいて欲しいと、真逆の感情が芽生《めば》え始めていたのだ。

純子に指摘され、一度はそんな気持ちを消そうとした。だが釈然としない。

やはり一樹は、この謎めいた浩之を、ずっと見守っていたいのかもしれない。

どうしてなのか、理由は分からない。分かっているのは、依存される心地よさに、一樹が填まり込んだということだけだ。

家族が見つかれば、浩之は当然家族の元に帰る。

近くの住民だったらいいが、もし遠くの人間だったら、逢うことすら難しくなるだろう。このままいけば、浩之の病気は進行する可能性もある。そのためには静かな生活を余儀《よぎ》なくされるし、通院に便利な近くの病院を選ぶ筈だ。

そうなると一樹との接点はなくなる。

メールのやりとりをするだけの関係になったら、今のこの複雑な気持ちは消えるだろうか。

一樹は自宅へ向かうのに、わざと遠回りして海沿いの道を走った。

「ここに来たからって、何か思い出せるとは思わないけど……少し降りてみようか？」

浩之が発見された砂浜が近づいてくる。一樹は車を道の端に寄せ、浩之にも降りるように促した。

風が出てきた。空には雲が勢いよく流れ、海は荒れていた。沖の方まで白い波頭《なみがしら》が立っている。海鳥《うみどり》はとうに補食を諦めたのか、海面を過ぎる姿はどこにも見えない。

風の音に負けないほど、波音は大きかった。

二人は黙って道路から、誰もいない浜辺を見下ろす。

「何か浮かばない？」

「あの日のことは、ほとんど覚えてないんだ。気がついたら先生の白衣を握ってた」

浩之はそう言うと、不安そうに一樹の腕を握る。

「倒れてたのはどの辺？」

「あそこ……」

一樹は指差す。夏には海水浴場になる浜だが、砂浜が広いということはない。両端は岩場になっていて、その先には堤防があった。

「心臓が悪いと知ってたら、そんなに遠くまで歩かないだろ。家は、きっとこの近くだと思うんだけどな」

警察がすでに浩之の写真を手に、この辺りの家々を回ってくれた。だが浩之を知っている人間は、誰もいなかったのだ。

誰かの車に乗ってここまで来て、浩之だけ降りたのかもしれない。それとも海辺にある別荘のどこかから、やってきたのか。

定期バスの運転手は、誰も浩之の姿に見覚えがなかった。海水浴場がオープンしている時なら、大勢の利用者がいるバスも、この季節ではそんなに乗降客はいない。浩之のような青年だったら、運転手も覚えているだろう。

「誰かと車で来たのかもしれない。思い出さないかな」

一樹は浩之に負担にならないようにと気を遣《つか》いながらも、質問を止められない。

浩之が過去を思い出さないで欲しいが、やはり適切な治療を受けさせるためにはこのままにしてはおけないのだ。

けれど浩之は何も言わない。

思い出せないのか、思い出したくないのか。

それとももうとうに思い出しているのに、言いたくないだけなのか。

空は雲で覆われ、最初の雨が、ついに二人を濡らした。

乾いていた道路に、黒っぽい水玉が拡がり始める。

一樹は浩之の腕を取り、急いで車に戻った。

無言のうちに、一樹は自宅を目指す。

元は別荘だった古家を、都心では信じられないような値段で買った。住み心地は悪くない。気に入っている家だ。きっと浩之も気に入ってくれるだろう。

家に帰り着く頃には、雨は本格的に降り出していた。

庭に勝手にはびこっているひまわりは、もう黒くなって種ばかりになっている。門などというものはなくて、ひまわりの間に郵便受けがぽつんと無機質な色を覗《のぞ》かせていた。

駐車場に屋根などはない。二人は車を降りると、濡れながら玄関に急いだ。ゴロはその姿を見かけて、激しく吠える。

「犬小屋に入ってろ」

一樹がそう命じても、遊んで欲しそうに鳴いていた。

「あの犬が見つけてくれたんだ……」

玄関の鍵を開ける間、浩之はじっとゴロを見ていた。

「そうだよ。浩之が、犬が嫌いじゃないといいけどな。元気になったら、遊んでやってくれ」

鍵を開け入った室内を、浩之はゆっくりと見まわす。

「先生らしい家だね」

「らしいっちゃ、らしいかもな」

大学に通っていた頃から住んでいる。何年もここで過ごしている間に、すっかり一樹らしい家になってしまった。

アジアンテイストを基調にしているつもりだが、飛行機の模型が吊してあったり、おかしなポスターが、破れた壁紙の上に貼ってあったりした。統一感があるようでない。

「濡れただろ。担当医として許可出すから、シャワー浴びれば。病院よりゆっくり入れるからさ」

「……」

浩之は濡れてしまった服に触れた。浜に倒れていた時の記憶が、濡れた服によって呼び覚まされただろうか。

「その服、似合ってたのにな」

一樹は残念そうに言った。

シャツはすっかり濡れて、浩之の体に張り付いていた。そのせいで、上半身が透けて見える。

これまでは男の体など意識したことはなかった。ましてや内科医だ。裸の上半身なんて、毎日のように目にしているのに、透けて見える体が、何か特別なもののように思えるのはどうしてだろう。

一樹はそんな思いを悟らせないように、つとめて明るく振る舞った。

「ほらっ、遠慮すんな。長湯は駄目だよ。ざっと浴びるだけ」

バスタオルを手にすると、一樹は浩之に無理矢理押しつけた。

「今夜、七時までには、病院に帰らないといけないいんだよね」

「ああ、そうだよ。それがルールだから…」

まだ来たばかりだというのに、帰したくないと気持ちが揺れた。

病室にいる時の浩之には、こんな生き生きとした姿はない。今にも消えてしまいそうな、儚げな雰囲気があった。

けれどここにいるのは、はっきりとした存在感のある浩之だ。しかも患者だという意識は薄れ、旧知の友人を招いたような親密感がある。

もっと親密になるには、あまりにも時間が短かった。出来るならこのまま、この家に泊めてしまいたいくらいだ。

純子に対してこんな気持ちになれたら、何の問題もなかっただろう。なのに純子が帰る時に、一樹は引き留めることなどしたことがない。

どこで何がどうずれたのだろう。

やはり純子の指摘したとおり、依存される快感に酔っているのだろうか。

「浩之がシャワー浴びてる間に、飯作ってやるから」

浩之は何か言いたそうにしていたが、頷くとそのままバスルームを捜しにいった。

一人になると一樹は、ソファに勢いよく座った。

家の中で二人きりだ。

だからどうだと言うのだ。これまでだって、友人が泊まりに来たことは何度もある。けれど一度として、二人きりを強く意識したことなどない。

ふと、バスルームを覗きたい誘惑に駆られた。

そこにあるのが、自分と同じ、男の裸体だと分かっている。なのに落ち着かない。

「どうかしてる……」

十日間、浩之の側に出来るだけいるようにした。普通の友人なら、十日もいれば相手の人となりがよく分かってくる頃だ。

けれど浩之に限っては、何も分からないままだ。

教養のある男だというのは分かる。一般常識も備わっているせいなのか、話していて特別違和感を抱くこともない。

なのに浩之と話していると、どこか現実味がないのだ。

本当に海の底から、人の姿を借りて現れた異世界の者のように感じる。

浩之には現実の欲望が感じられないせいだろうか。

人間は欲によって生かされている。食欲が命を維持させ、性欲が恋愛や結婚などに繋がっていく。物欲は社会を発展させもするが、犯罪の動機にもなるのだ。

一樹にも欲はある。性欲は当然あった。医師として称賛されたいとの、名誉欲もある。新しい車が欲しいとか、ハワイでサーフィンをしたいとか、つまらない欲もあった。

なのに浩之には、欲が感じられない。

生きることにすら、欲がないように感じられる。

生まれたばかりの赤ん坊でさえ、生きるために乳を求めて泣く。

浩之は何かを求めて泣いたりはしないのだろうか。

そんな浩之が、一樹だけを求めてくれたらどうだろう。

求められるには、相手に必要とされなければ駄目だ。そのために一樹は、ひたすら浩之に尽くして、歓心を買おうとしているのか。だとしたら男女の恋愛と、どう違っているのだろう。

ここ数日、心が浩之によって浸食されている。恋愛の初期には、よくそういった状態に陥るが、果たしてこれは恋愛感情なのだろうか。

一樹には分からない。

自分が見つけた患者だから、最後まで責任を取りたいという義務感はある。だがそれだけでは、この落ち着かない感情の説明がつかない。だからといって同情や憐憫《れんびん》ではない。そんな気持ちで接したら、浩之に対して失礼だと思った。

あいつは男だと、一樹は自分に言い聞かせる。同性に対して、そういった感情を抱くのは特別なことじゃない。他人にだったら平然とそう言い切れるが、自分の問題となるとまた別だった。

何気なく窓に視線を向けると、激しい雨が枯れたひまわりを揺らしているのが見える。ひまわりは右に左にと、重たげな首を揺すって、驟雨《しゅうう》からの心ない攻撃を避けようとしていた。

その様子が、いつか浩之に重なる。

『いやだ、先生、やめろって』

激しく首を振って抵抗する、全裸の浩之がそこにいた。

押さえつけているのは一樹の腕だろう。

『放せよ。そんなつもりで来たんじゃない』

泣きそうな声で、浩之が叫んでいた。

『俺も男だからさ。時々、自分が嫌になるくらい、男になっちまうんだ』

純子の言葉そっくりに言っている、自分の声さえ聞こえてきそうだ。

自分の患者を犯すなんて、担当医のすることじゃない。常識では分かっているのに、どうしても妄想が止められなかった。

浩之を押さえつけて抱く。

すると浩之は、ついに抵抗を諦めて一樹に抱かれるのだ。

慣れない痛みと恐怖で、浩之の心臓は激しく脈打つだろう。

死を与えるような行為をしているというのに、一樹は昂奮している。

そんな自分の姿が、何度消そうとしても浮かんできた。

「どうかしてる」

一樹は両手で頭を抱え込んだ。

庭先ではひまわりが、風と雨に翻弄《ほんろう》されている。とうに花びらは散り、無惨《むざん》に残った黒っぽい種子のせいで、ひまわりは立っているのもやっとなのだ。なのに風と雨は容赦がない。

やはり昨日、純子を抱くべきだったのか。これまでしてきたように、成人した男女の割り切った関係として、性欲を処理しておくべきだった。そうすればこんなおかしな妄想に襲われて、苦しむことはなかったかもしれない。

「懐《なつ》かれてるからって、何を勘違いしてるんだ、俺は……」

浩之は自分がどんなに辛くても、一樹を許すだろう。

そんな気がした。

だからこそ間違っても手を出してはいけないんだと、一樹は自分を戒《いまし》める。

「先生……シャツは？」

浩之の声に、一樹は慌てて顔を上げた。

一樹が買ってやった、派手な柄のトランクス一枚の浩之が、バスタオルで体を拭いながら、部屋の入り口に立っていた。

「まだ乾いてないから、これでも着てろ」

慌てて取り込んだ洗濯物の入った籠から、自分のジーンズとTシャツを取り出して、浩之に向けて放り投げた。

妄想の中の浩之と、現実の浩之の姿が一瞬重なる。

痩せているが、色白の綺麗な体だ。抱き締めたらきっと、女性とは違う、しっかりとした筋肉と骨格があるのだ。

けれど男の体にも柔らかい部分はある。

男の欲望を収める場所もあるのだ。

妄想は勝手に膨れあがり、またもやレイプシーンが心に浮かんで一樹を苦しめた。

「先生？　どうかした？」

「んっ……いや」

「疲れてるんじゃない？　宿直多いみたいだし、あまり無理しない方がいいよ」

「患者に言われたくねぇな」

一樹はいつものように、軽い口調で答えた。

浩之は一樹の隣に座る。その体からは、一樹がいつも使っているボディシャンプーの匂いがした。

腕が触れて、熱い体温が直に伝わってくると、一樹は目眩《めまい》を感じた。

「飯の用意……忘れてた」

このままここにいたら、浩之に本当に何かしてしまいそうで、一樹は慌てて立ちあがろうとした。けれど浩之が腕を引いて、それとなく行くなと示す。

浩之はそのまま、一樹の膝の上に頭を乗せて横たわった。

「食事はまだいいよ……」

「疲れたのか？」

「シャワー、熱くし過ぎたんだ。のぼせた」

少し苦しそうに浩之は言った。

「髪が濡れてるだろ」

一樹は浩之の手からバスタオルを奪い、丁寧に拭ってやった。

浩之はされるままになっている。幼児のように甘えるその姿に、一樹の胸の動揺はますます大きくなる。

「何だろう……こうしてるとほっとするんだ。思い出せないんだけど、懐かしい感じがする」

「男の膝が懐かしいって……俺は浩之のパパか？」

「父親に膝枕《ひざまくら》なんてするのは、うんと子供の時だけだよね。頭が子供に戻ってるのかな」

記憶を探るうちに、浩之は一気に幼少時にまで退行してしまったのだろうか。その無心に懐く姿には、一樹に対する警戒心は全くない。妄想の中で犯されているなんて、決して思いもしていないのだろう。

「僕が子供の頃は、父親も若かっただろ。おかしいよね。自分がその頃の父親と、同じ歳くらいになってる筈なのに……」

「一番楽しかった頃を、思い出してるんだろ」

「そうか……そうだな」

男は成長していく過程で、いつか父親を越えようと考える。背が伸びた。髭《ひげ》が生えたといっては、自分が男になったことを確認しながら成長するが、その間に父親に反発するものだ。

浩之の心は、まだそこまで辿《たど》り着いていない。父親に無心に懐けた、幼児の時代に止まっているのだ。

卵から孵ったばかりの雛から、少しは前進した証拠だろう。

時間をかけながらも浩之は、ゆっくりと自分を取り戻し始めたのだ。

二十年分、あるいは二十五年分だろうか。浩之は失ったその時間を、少しずつ取り戻していくだろう。その過程で、誰かを愛する時が訪れるだろうか。

自分を愛して欲しいと、一樹は願った。

欲望も駆け引きもない。無心なままで大人に戻っていく浩之に、一樹は愛されたかったのだ。

「なぁ……ずっと身元が分からなかったら、ここで暮らさないか？」

浩之に触れているうちに、思わず口にしてしまった。

言ってしまったら、もう後へは戻れない。

一樹は実行してしまうだろう。

「このままだと入院費もかさむ。だからって、帰る場所も分からないだろ」

浩之は何も答えない。一樹にされるままになっている。

「すまないと思うんなら、掃除と料理くらいして。無理なら、何もしなくていいんだ。疲れて戻った時に、話し相手になってくれればいいよ」

「先生……本気？」

「俺は、嘘つくの下手なんだ」

一樹は困ったように笑う。

「本気だよ」

「もしかしたら、体を売ってたような男かもしれないだろ。泥棒かもしれない。それでもいいって思う？」

「浩之が？　それはないさ」

「人殺しかもしれない……」

殺人者にしては澄んだ瞳が、じっと一樹を見上げる。

「何の役にも立たない男だよ。先生が損するだけだ」

「損？　どうして？　家に帰ってきたら、灯りがついてる。それだけでも嬉しい時ってあるじゃないか」

「このままずっと、過去を思い出さなかったらどうする？」

「過去はどうでもいい。今、ここにいる浩之の姿が本物だったら、それでいいさ」

一樹の言葉に、浩之は力なく笑う。

「先生は残酷だ」

「昨日も誰かに同じようなことを言われたな。俺って、そんなに悪いやつだった？」

「優しさは……僕には残酷だよ」

「どうして？」

「誰かを、愛することも出来ない体なんだ……」

浩之の髪を拭う一樹の手が止まった。

誘われているのだろうか。

一樹は脳内で、浩之を犯すシーンを想像する。

欲望はどんどん膨らんでいって、妄想の中では激しい行為が繰り返されていた。

だが医者として、浩之を死に追いやるような行為は出来ない。

「セックス？」

浩之は返事をしない。

「状態がよくなれば、セックスだって普通に出来るさ。同じ病気で、結婚している人だって大勢いるんだから」

「……」

「一生出来ないとしても、それがどうだっていうんだ。別にしたからって、どうってことないし、しなくってもどうってことない」

浩之の手は、白衣の代わりに一樹のシャツを握りしめた。

その手を握りしめたら、簡単にすべては進んでしまいそうな気がする。けれど一樹はしなかった。

「誤解するな。引き取るからって、俺は、浩之にそんな関係を求めてるんじゃない」

心にもないことを一樹は言った。

今すぐにでも、浩之を抱きたいのではないか。

妄想の中で、何度も犯したというのに、一樹は下手な嘘をつき続ける。

「同情はしてるけど、それが浩之のプライドを傷つけたんなら謝る」

一樹はまた浩之の髪を拭い始める。そのついでに、浩之の顔も拭ってやった。

なぜならその瞳から、つーっと涙が伝い落ちたからだ。

「先生は……残酷なくらい優しい。どうして……そんなに優しいんだろ」

一樹は返事をせず、庭にまた視線を向ける。

残酷なくらい優しい雨に打たれて、ひまわりは打ち震えていた。

「優しいんじゃない。寂しいんだ」

ぼそっと口にしたが、それは真実なんだと一樹は気がついた。

付き合っている女性がいる。仕事はやり甲斐《がい》があって、収入も決して悪いわけではない。恵まれているのに、なぜ寂しいなどという言葉が出るのだろう。

「人間は、みんな寂しいもんだよ。誰かといても寂しい。一人でいても寂しい……僕といても、きっと先生は寂しいままだ」

浩之は悟りを開いた老人のように言った。

「そうかな。浩之のこと心配してれば、寂しくないような気がする。浩之も俺のこと心配してくれ。そうすれば毎日、いらついて、むかついて、刺激だらけだ」

いつものように明るく一樹が言うと、浩之はゆっくりと体を起こした。

「心配してくれるのは嬉しいけど、負担になりたくない」

「じゃあ負担かけないように、早く元気になれってことさ。ゴロの相手してくれるだけでも嬉しいな。あいつも結構、寂しがりやなんだ」

雨を避けるために犬小屋に入ったゴロは、クーンと小さく鳴いている。いつもほとんど家にいない一樹が、珍しく家にいるのに構ってもくれない。

犬は犬なりに、寂しさを伝える方法を知っていた。

雨はますます激しさを増し、遠くから雷鳴《らいめい》が聞こえてくる。それが徐々に近づいてくると、部屋の中を一瞬明るくさせた。

それが頻繁に続くと同時に、電気が消えた。日中でも真っ暗になった部屋で、二人は黙ったまま身を寄せ合う。

こうしていると寂しさは消える。浩之は一樹の腕の中で生きていて、確かな存在としてそこにいるのだ。

「ひまわり、来年も咲くのかな」

浩之が雷鳴に消えそうな声で呟いた。

「ああ……毎年、咲いてるよ」

「見たい。見られるかな」

「見られるに決まってるさ」

しかもこの家の中から、毎日見られるんだと言いたかったけれど、一樹にはそれ以上言えなかった。

「この家の中で？」

けれど浩之のほうが、一樹の言いたかったことをそのまま口にしてくれた。

「そうだよ。今、こうしてソファに座って、二人で外を見てるみたいに、来年は咲いているひまわりを見るんだ」

「先生が許してくれるなら、ここに住まわせてもらおうかな。居心地《いごこち》いいよ、この家」

「許すって言ってるだろ」

浩之がシャツを握っている手を、そのまま股間《こかん》に導きたい欲望を感じる。高鳴る心臓の鼓動を、浩之に聞かれるのではないかと心配だった。

妄想の中の浩之が突然立ち上がり、一樹の前に蹲《うずくま》っていた。そしていつの間にか取り出した性器を口に含んでいる。

そんなことをさせたいために、引き取るんじゃない。そう思っているのに、なぜこんな妄想が消しても、消しても追ってくるのだろう。

「食事の用意するよ。近所の農家から新鮮な野菜貰ってきた。病院じゃあまりパスタとか食べられないだろ？　オリーブオイルが嫌いじゃないといいんだが」

「きっと好きだよ。ううん、先生の作ってくれるものだったら、何でも好きになれる」

ああ、いっそこのままキスしたい。そう思いながら一樹は、逃げるようにキッチンに向かった。

昨日の雨が嘘のように、空は晴れ渡っている。病院内の医局にも、今日はクーラーが復活していた。

「浩之を引き取るって。入院費も相沢が立て替えるのかよ」

高野は信じられないといった顔をして、神妙な顔をして報告する一樹の言葉を聞いていた。

「はい……状態がよくなっているのに、いつまでも入院してたら、入院費がかさむばっかりですから」

「おい、マジで？　いいのかよ、この先、どうなるかも分からないってのに、そこまでいい人でいなくてもいいんじゃないの」

「彼が昔からの友達だったら、当然やっていたことだと思いますから」

「ありゃ早めにカテーテル検査しないと、どれだけ状態が悪いか、まだ判断出来ないだろ。この先、進行するかもしれない」

「そんなに悪いですか？　俺には、投薬で充分抑えられると思えるんですが」

「身元が分からない人間に、勝手にカテーテル突っ込むわけにいかないだろ。詳しく検査もしてないんだ。希望的観測ってやつで、結論を急ぐんじゃない」

高野は後輩の一樹を、厳しく諭《さと》した。

心臓の手術となったら、かなりの金額が必要だ。もし手術になったら、では誰が浩之の手術代を支払えるのだ。

そんな現実的な問題があった。

「こうなったら、相沢、マスコミに浩之を公開しろ」

「精神的に、今の彼では無理です」

「浩之を出さずに、俺達だけで対応すればいいだろ。写真がまずいんなら、似顔絵でもいいよ。テレビに流せば、誰か一人くらいは気がつくだろ」

「それでは高野先生に、迷惑かけてしまいます」

「一人で何もかもひっかぶろうとするな」

高野は軽く一樹の体を叩いて微笑んだ。

「医者の使命は、一人でも多くの命を救うこと。何も手術や投薬だけが、人を救うことじゃない。浩之っていう存在そのものを救ってやろうよ」

「はい……」

純子に言われた時は反発した一樹も、ここまで何も進展がなく、高野に言われては素直に頷くしかなかった。

その時、受付の事務職員が現れ、二人に向かって急ぎ足で近づいてきた。

「身元不明の患者さんのことで、警察の方がお見えになってますけど」

一樹と高野は、同時に顔を見合わせた。

ついに浩之の迎えが来た。そんな予感がした。

「応接室にお通ししてよ」

高野はすぐに応接室に向かって歩き出す。その後を、一樹も従った。

応接室に着くと、すぐにスーツ姿の男が通された。

まだ三十にもなっていない印象の若い男だ。クールビズの普及でネクタイをしていない人間も多いというのに、その男はきちんとネクタイをして、上着も着ていた。

「西浜崎《にしはまざき》署の刑事課、吉村《よしむら》と申します」

応接室のソファに座る前に、吉村は胸ポケットから取りだした警察手帳を提示し、続けて名刺を二人に手渡した。

「刑事課ですか？　最初に応対していただいたのは、生活課の刑事さんだったと思いますが」

警察署に行って事情を説明した時に応対してくれた、年配の刑事とは違う。家出人や行方不明者を担当するのは生活課だ。刑事課は事件を扱う課だから、何かあったのかと一樹は緊張した。

「刑事課で身元調査を行いました。ご本人は？」

吉村は入り口のドアを振り返り、浩之が来るのかと様子を窺っている。

「本人は重度の心臓疾患がありますので、いきなりではなく、出来れば私達を通して話を伝えたいと思いますが」

一樹もやっと探し出した、少し皺《しわ》の寄った名刺を差し出しながら言った。

「失礼ですが、どちらの先生が担当されてるんですか？」

名刺を受け取った吉村は、刑事らしい顔つきになって二人を見比べた。

「担当医の相沢です。こちらは心臓専門医の高野先生です」

「突発性拡張心筋症という難病でして。今は落ち着いていますが、急激なショックなど与えると、取り返しのつかないことになる可能性もありますから、とりあえず我々で応対させていただきます」

高野は一樹の気持ちを汲《く》んでくれたのだろうか、医師らしい毅然とした態度で言った。

「お借りしていたものを、お返ししておきますね」

クリーニングの袋に包まれた浩之の服を、吉村は差し出す。

「何か分かったんですか？」

「はい。頂いた資料を元に捜査したところ、やっと身元が判明しました」

一樹と高野は顔を見合わせる。

「見つかったんだ……」

ほっとしたと同時に、一樹は何とも言えない寂しさを感じた。

午後には浩之の家族が病院を訪れ、あの美しい謎めいた男を連れ去ってしまう。

浩之は、一樹だけを頼る必要はもうないのだ。生み育ててくれた家族が、誰よりも浩之を優しく守ってくれるだろう。

浩之がいなくなる。せっかく同居の約束までしたのにと、一樹はひどく失望していた。

「ズボンとシャツ、同じブランドですよね。ここのブランドで、購入者記録を調べてもらいました」

吉村はシャツの襟元についている、ブランドロゴを指で示した。

「こういうブランドは、一つのデザインをあまり大量に生産しないそうですね。お陰で助かりました」

続けて吉村は、病院のカルテの一部をコピーしたものを差し出した。

「先生方でしたら、説明しなくてもお分かりになりますよね」

高野は受け取るとすぐに、内容に目を通し始めた。

「東京の心臓専門医のいる病院で、最後の通院記録は八年前、十八歳の時になってますが……」

「八年前？」

「間宮秀明《まみやひであき》と名前があります。当時は未成年で、保護者は母親の間宮弥生《やよい》さんですね。で、このズボンとシャツの購入者に、間宮弥生名でカードが使われた記録がありました」

「間宮……秀明」

「カード登録の住所に、間宮弥生さんと息子の秀明さんの名前がありました」

どうしても浩之という名前にしたかったのは、何となくそんな名前の雰囲気だと思ったからだ。浩之も新しい名前を自然と受け入れた。それは幼少の頃より呼びかけられていた名前に、どこか似た音だったからだろう。

「身元不明の男性は、間宮秀明さんで間違いないと思います。現在は二十六歳になってる筈ですね」

「そうは見えなかったな。大学生くらいにしか思えなくて」

自分のシャツを着せた時、違和感がなかったことなど忘れて一樹は言った。弟のように思っていたが、実際はそんなに歳の開きはなかったのだ。

「この病院の近くに、お住まいだったんですか？」

一樹は疑問に思っていたことを尋ねていた。

「本宅は東京の麻布《あざぶ》です。二年前に、こちらに別荘を建てて、移住してきたんですよ。離れた場所にぽつんと建ってる一軒家ですから、ご近所付き合いもなかったみたいですね」

では母親は、東京の本宅にいるのだろうか。

一樹は吉村の口から、その話が出るのを待った。

「で、その母親って人は、今、どこにいるんです。心臓の悪い息子をたった一人で置いて、海外旅行でも行ってるんですか」

高野は遠慮もなく、いきなり切り出した。

「こちらにいる男性は、この方ですよね？　古い写真なんですが」

吉村が取り出した写真は、あまりにも古かった。まだやっと中学生くらいの浩之らしき少年が、美しい母親と寄り添って写真に収まっている。

「似てるといえば似てるけど…」

「ご本人に会えませんかね。直接、聞きたいことがあるんだけど」

吉村の態度は、急に横柄《おうへい》になった。

一樹はおかしいと感じる。高野も同じように感じたのだろう。二人は約束したように押し黙った。

「どうしても無理ですか？」

「状態を確認してからでしたら」

妥協してもいいと一樹が示すと、途端に吉村は勢いづいた。

「母親の弥生さんの姿が、どこにもないんですよ。最後に目撃されたのは二週間前。よく行っていたケーキ屋の主人が覚えてました」

「二週間前」

「その主人の話だと、間宮さん、週に一回、町に買い物に出てくるだけで、後はほとんど家から出ないってことなんですが……今は別荘に誰もいないんです」

「いないんですか？」

こんな時に思い出さなくてもいいのに、一樹は浩之の言葉を蘇らせる。

『もしかしたら人殺しかもしれない…』

考えたくはないが、最悪のシナリオが浮かんでは消えた。

浩之が母親を殺したのだろうか。

そんな恐ろしいことをしたら、一瞬で心停止してしまいそうだ。

それともまだ体が元気だったから、死ねずに夜の海を流離《さすら》っていたのだろうか。

いや、それだけはありえない。

一樹は浩之が殺人者とはどうしても思えなかった。

「弥生さんの実家はかなりの資産家です。ご主人は二十年前に亡くなっていますが、遺産もかなり遺《のこ》されていたそうで、裕福だったようですね」

「だったら海外旅行にでも行ってるんだろ？」

高野の言葉に、吉村は小さく首を振った。

「息子さんが病気なので、ほとんどつきっきりだったようですよ」

「親戚の家にいるんじゃないの？」

続けて高野がまた質問したが、吉村はいえと即座に否定した。

「金銭は弥生さんが管理されてたようですが、生活ぶりは質素だったそうです。金はあっても自由に使えないとなったら、不満に思うでしょうね」

それとなく吉村は、浩之が金目当てに母親を殺したのではないかと疑うようにし向けていく。

けれど一樹も高野も、そんな疑いは持たない。

母親を殺して、金だけ手に入れてどうするというのだ。

自分の命が失われてしまったら、金など何の意味もない。

一樹と高野がその話題に乗ってこないので、吉村は言い方を変えた。

「秀明さんは、中学卒業後、ずっと自宅に引き籠もっていたようです」

高校も行かなかったにしては、浩之の知識はかなりのものだ。態度は幼い印象があるが、頭のいい男というイメージはある。

一人で本やパソコンで学習している浩之の姿が、一樹の脳裏に浮かんだ。

「弥生さんは秀明さんを溺愛していて、心臓に負担がかかることのないよう、外部から一切遠ざけて、親子だけで暮らしていたようですが…」

吉村は二人の顔を見比べて、そろそろ俺の言いたいことが分かっただろうというように、口元を歪めて笑って見せた。

何がおかしいんだと、一樹は今にもキレそうだった。

笑うような場面じゃない。やっと身元が判明しそうなのに、肝心の母親が姿を消してしまったのだ。

「最近は、いろんな事件があります。親子の関係も複雑になってますよ」

若い吉村が口にすると、そんな台詞《せりふ》が妙に浮いて聞こえる。先輩刑事の真似でもしているのだろうか。似合わないからやめろよと、一樹は思わず言いたくなった。

「ご本人に、事情聴取、出来ませんかね」

「あの日以前の記憶がないんだから、話しても無駄だと思うけどな」

一樹は挑戦的な口調で言い返した。

「記憶喪失……なんか、あまりにも都合《つごう》よくありませんか。どうなんですかね。あれって、そのふりも出来るそうじゃないですか」

「私達が騙《だま》されているって、おっしゃりたいんですか」

一樹は吉村を睨《にら》み付けた。

「十年以上、引き籠もってたからね。誰も彼がどんな人間か知らないんだし、いくらでも騙そうと思えば…」

「だが心臓に疾患があるのは事実ですよ。私達が必死で身元を捜していたのは、重要な検査に親族の同意書が必要だったのもあるんです」

畳《たた》みかけるように、一樹は言った。

もし浩之の病が十年以上前に発症していたなら、親子は手術や検査のことはある程度知っていただろう。

発作に見舞われた時に処置が遅れれば、自分の命も危険に曝すことになる。そんな浩之が、母親を殺す理由はますます薄くなっていた。

「先生、あまり感情的にならないでくださいよ」

声がいつの間にか荒くなっていただろうか。吉村に指摘された一樹は、落ち着こうと深呼吸した。

「別荘に間宮弥生さんの車はありました。車がなければ、どこにも行けないような、辺鄙《へんぴ》な場所にある別荘です。タクシーを呼んで、どこかに出かけた形跡もないし」

「誰かと出かけてるんじゃないですか？」

「それを知りたいんですよ」

けれど浩之が、その話を聞いてすぐに思い出すかは謎だった。

「もし犯罪にでも巻き込まれてるとしたら、急いでこちらも捜査したいんですよ。足跡だとか、車のタイヤ跡だとか、大切な証拠になるもんが、現場保存出来ずに消えていってしまいますから」

「で、どうなの。彼が間宮秀明で間違いないのか」

高野がまたもや口を挟む。

「身元調査のためにいただいた指紋と、間宮さんの家のドアから採取した指紋が合致しました。ですがそれだけでは、彼が間宮秀明さんだという決定的な証拠にならない。ご本人の承諾を得て、家宅捜査したいんですが」

「母親以外に身内は？」

「今のところ、わかっている近親者は、他にはいません」

一樹は救いを求めるように高野を見た。

どうすればいいのだろう。浩之の記憶を戻せないままでも、警察の事情聴取を受けさせなければ、母親を捜すことも出来ないというのか。

「警察署に連れていくのは無理だな。相沢、病院内で刑事さんと引き合わせよう」

「ですが……」

「母親を見つけ出さないと、浩之の疾患、進行を止められないぞ」

「はい……」

高野の言うことは正しい。

だが、思い出さないいんじゃない。

思い出したくないのだ。

一樹にはそう思えてならない。ここで追い込むようなことはしたくなかった。

「私にも立ち会わせていただけませんか」

「それは構いませんが、お願いがあります。言いにくいんですが、もしかしたら母親を殺した可能性も疑われますから、逃亡を防ぐ意味で、監視を強化してください」

「頼むから…そんな話をいきなりしないでくれよ」

一樹は頭を抱える。

「海にいたのだって、自殺するつもりだったのかもしれないでしょう。病気じゃなければね。本来なら警察署で、きちんと取り調べしたいところですよ」

そんなことは絶対にないと、一樹にも言えない。

死にたかったと言われれば、確かにそう思える。だが浩之は、自分の心を壊してでも、生きたかったのではないか。

殺人者かもしれない。

それでも一樹は、浩之を守りたかった。

一樹は吉村を伴って、浩之の病室を訪れた。

「先生、珍しいね。回診時間じゃないよ」

浩之は一樹の顔を見た途端に、華やかな笑顔を浮かべた。

昨日は一樹が作った、新鮮野菜のパスタサラダを二人で食べた。それ以外はずっとソファに並んで座って、どうでもいいような話ばかりしていた。

決定的な一言を口にしたら、平和だったこれまでの関係が崩れていきそうな予感を、一樹は抱いていたと思う。浩之に強く惹《ひ》かれ始めた本心を隠すために、一樹は言葉を選んで話していた。

浩之は、半日一樹を独占出来たことで満足したのだろう。帰り際には、これまでになく穏やかな笑顔を浮かべていた。

一樹が引き取ると言ったことも、浩之にとっては嬉しい話だっただろう。もしかしたら二人で暮らせることに期待していたかもしれない。

なのに今日になって、一樹は残酷な宣告をしないといけなくなったのだ。

「浩之……こちら、西浜崎署の刑事さん」

背後にいる吉村を、一樹は病室内に引き入れた。

「どうも初めまして。こちらの先生から依頼されまして、あなたの身元を調べてたんですよ。この写真に見覚えありませんか？」

吉村は浩之に、古びた写真を示した。

受け取った浩之の顔には、ほとんど何の感情もない。動揺もしなければ、感動もなかった。

「これが僕ですか？」

口元に微かに微笑みを浮かべている、美しい少年だ。どこか面差《おもざ》しは、浩之に似ていた。

「そう、隣にいるのがお母さん。思い出しました？」

「……」

「東京の住まいの、お隣の方から借りてきたんです」

「東京？　僕の家は東京なんですか？」

吉村は返事をせずに、鋭い目で浩之をじっと見つめた。浩之の記憶喪失が本物なのか、疑っているからだ。

そんな視線に曝されても、浩之が動揺する様子はない。澄んだ目で、今度は吉村を浩之が見つめ返していた。

「何か分かったことがあるんですか？　僕には母がいるんですね」

「……」

「もう連絡はしてくれたんでしょうか。病院の皆さんに迷惑の掛けっぱなしです。特に相沢先生には、いろいろとご心労いただきました。家族がいるんなら、これ以上、迷惑をかけることもないんですね。ほっとしました」

淀《よど》みなく答える浩之の様子に、吉村は困惑した表情を浮かべる。

「僕の本当の名前を教えてください」

「間宮秀明さん……ですが、まだあなたが本人かどうか、確定出来ないんで」

「どうしてです？　家族がいるんでしょ？」

浩之は不思議そうな顔をして、吉村を見つめた。

「お母さんに連絡つかないんだ。刑事さんは、そのことで浩之にショックを与えないように、気を遣ってくれてるんだよ」

一樹は咄嗟に予防線を張った。吉村が真実を追及するあまり、いきなり詰め寄ったら浩之も混乱する。

「お母さんのこと、思い出した？」

「無理だよ、先生。これが本当に自分なのかも分からない」

「お母さんを捜すためにも、浩之の家を調べたいそうだ。一緒に行くんなら、俺もついていってやるけど」

浩之は慌てて首を左右に振った。

「先生……代わりに行ってくれないかな。僕は……行けない……そんなとこに行ったらきっと」

パジャマの胸元を握りしめて、浩之は苦しげに息をし始める。

「落ち着け、浩之。酸素……」

一樹は酸素吸入の用意をした。その様子を、吉村は疑わしげに見つめている。

「吉村さん。こういう状態ですから、家宅捜索に立ち会わせるのは無理だと思います。担当医としても、許可は出来ないので」

一樹の白衣を握りしめて、落ち着こうとする浩之を見て、吉村は一応頷いてみせた。けれど、本心から浩之の苦しみを理解しているとは思えなかった。

一樹はその日の午後、純子と共に吉村に教えられた浩之、いや間宮秀明の家を訪れた。

海沿いの道を外れ、小高い山を上っていくと、開けた場所にたどり着く。そこにぽつんとあるのが、間宮家の別荘だ。

洋風の洒落《しゃれ》た別荘だったが、辺りには人家《じんか》もない。見渡すと目に入るのは、荒れた草地と遠い海ばかりだ。

手入れされていたのだろう花壇は、かなり荒れて見えた。浩之がこの家を出て二週間、その間、母親もここに戻っていないのは確かだ。伸びかけの雑草が、庭一面に茂っている。

すでに別荘では、浩之から承諾を得て家宅捜査が行われた後だ。門や駐車場の所々に、鑑識が指紋を採るために使った薬剤の跡が見られる。

「中に遺体とかはなかったんでしょ?」

純子は不気味《ぶきみ》そうに周囲を見渡しながら聞いた。

「電話線が外から切られていたって言ってたが」

一樹は電柱から続く電話線を目で追う。家に接続されているところまでくると、切られているのがはっきり分かった。

い出す。
「誰かが、電話を使えなくしたかったんだろ」
中に入る許可は得ていない。外側から別荘を見上げながら、一樹は吉村からの電話を思
い出す。
邸内には、今の浩之とよく似た写真が何枚もあった。さらに浩之の指紋が随所《ずいしょ》にあった
から、もう浩之が間宮秀明であることは疑いようがない。
残る問題は、母親の行方《ゆくえ》だけだ。邸内から車と家のキーは発見された。
何かなくなっているものがないか確認したくても、浩之が思い出せないままでは調べよ
うがない。
「電話機には、母親の血痕《けっこん》が付着してたそうだ」
苦しげに一樹は言う。
「血痕？」
「料理中に手を切っただけかもしれないのに、あの刑事、考えすぎだ」
これでは浩之が疑われてもしょうがないような状況だ。母親が外部に連絡するのを防ぐ
ために、あらかじめ電話線を切断した浩之が、その夜、母親を殺害して、自分も自殺しよ
うとしていた。

そんなストーリーだったら、誰でも考えつく。

外部からの侵入者があったとしても、昨日の雨が、庭に残っていた足跡を洗い流した可能性がある。二週間の間に、踏みつけられた草花もまっすぐに伸びてしまっていた。

「お母さん……亡くなったのかしら？」

「そう思われても仕方ないけどな。俺としては、浩之の介護に飽きて、どこかに逃げ出したと思いたいよ」

「何でここに来るのに、私に付き合ってくれなんて言ったの？」

純子は立ち止まり、一樹の答えを待っていた。

一樹は振り返り、困ったように下唇を噛む。

残酷な仕打ちをしておきながら、こんな時には純子をつい頼ってしまう。情けなかったが、一樹一人ではどうしても分からないことがあったのだ。

「俺には、どうしても浩之の母親の気持ちが分からないんだ。どう思う？　こんなところに息子と二人閉じこもって、彼女はどうするつもりだったんだろう」

訊かれた純子は、別荘をじっと見つめ、しばらく何か考えるように押し黙っていた。

「ここは子宮だったのよ」

やっと口を開いた純子の声は悲しげだった。

「ご主人も、心臓病で亡くなってるんでしょ」

「ああ……二十年前に」

「彼女はきっと……自分より早く死ぬかもしれない息子さんを、生まないまま胎内に閉じこめておきたかったのね。この家は、彼女にとって新たな子宮だったんじゃないかな」

「子宮……」

「そう、子宮。もっとも安全な場所はそこだと、彼女は思ったんでしょうね」

庭に入った二人は、テラスに置かれたデッキチェアを見つける。弥生のセンスのよさを思わせる、洒落たデッキチェアだった。

きっと浩之親子は、ここで遠い海を見ながら、のんびりとお茶を飲んだりしていたのだろう。

弥生はケーキを出しただろうか。

それを浩之は、おいしそうに食べてみせただろうか。

「家に閉じこめておけば、体に負担がかからないと思ったのかな。浩之君を最初に診察したドクターに、かなり日常生活の注意をされたんじゃないかしら」

「母親って、医者の忠告をそんなに信じるものなのかな」

純子を頼ったのは、小児科で母子の関係をよく知っていたからだ。やはり一樹には想像もつかない意見を聞かせてくれる。

一樹は素直に感謝して、純子の言葉を待った。

「事実、そうだったんでしょ。安静が何より大事だって、患者に言うわよね」

「だけど病院にも行かせないってのは、異常だよ」

「そうね……。これまでの間に、発作とかなかったのかしら。高校にも行ってなかったんでしょ。ストレスになると思ったのかな。浩之君は行きたかったでしょうね。でも行かせなかったのよね」

外に出なければ、疲労ともストレスとも無縁だ。幼児のように、自分がつきっきりで保護すれば失うことはない。

そういった心理が、浩之をここに留めたのだ。

「他の世界を教えなかったのね。残酷だな、彼女」

またもや残酷という言葉を聞かされて、一樹は純子を見つめた。

「母親しか愛せないようにし向けたのよ。ずっと支配していたかったのかな」

順子の言葉に、一樹は憤りを覚えた。

病気のせいで長く生きられないとしても、充実した人生だったらどうだろう。死ぬ時に後悔は少ない筈だ。

たとえ一日余計に生きたとしても、生涯、母親の虜囚《りょしゅう》だとしたら、人生に満足感は残るだろうか。

残らないのではないかと、一樹には思える。

「お母さんって甘えてくれる、子供のままでいさせたかったのかな」

「だからあいつ、ガキっぽいままなのか」

「そうね…彼はここで、母親のために永遠の子供をやってたんだわ。グランドマザー。支配的な母親……思春期になると、そういった支配から逃げ出せるものだけど、彼には、逃げる場所もなかったんだわ」

海風はここまで届いた。

純子の髪を乱し、一樹の頬を打つ。

薔薇《ばら》のためのアーチが壊れているのか、風に合わせてカタンカタンと音が響いた。

一樹は自分の人生を考える。命を救う医師という崇高《すうこう》な仕事に、誇りを持っていた。

だがここで疑問が湧いてくる。

生きるとは何か。救うべき命とは何なのだ。

ただ心臓が動き、呼吸をするだけが生きることなのか。

浩之は生きていただろうか。

生きながら、すでに死んでいたように感じられるのはなぜだろう。

「今からでも遅くないよな。俺は……浩之にもう一度、自分らしく生きることを教えてあげたい」

一度は思うままに生きてみたいだろう。たとえ出来ることの範囲は少なくても、誰からの強制でもなく、自由に生きてみたい筈だ。

「俺達は未来を夢見ることが出来る。浩之は……それすら奪われていたんだ。俺はあいつに、未来をプレゼントしたいんだよ」

「出来るかしら。彼……ここから新たに生まれ出るために……何かしたのかな」

純子はあえて言葉を濁《にご》した。

自由を得るために、浩之が母親の頭に電話機を振り下ろしたかもしれないと、純子も強く疑ったのだろう。

「俺は浩之を信じる。おかしなことなんてしてないさ」

世界中の誰もが浩之を疑ったとしても、一樹だけは信じてあげようと思った。

信じてあげることしか、今の一樹がしてあげられることはないのだ。

病院に戻った一樹は、そのまま浩之の部屋を見舞った。

浩之はぐったりしている。ベッドに横たわり、目を閉じたままで、一樹が来たというのに顔も上げない。

吉村の訪問は、やはり浩之にとってはかなり負担だったようだ。吉村は浩之の記憶喪失を疑っている。それだけではない。母親殺しの犯人として疑っているのだ。

「寝てるのか?」

一樹は浩之の手を握り訊ねた。

浩之はうっすらと目を開けると、力なく微笑んだ。

「もう浩之って呼んで貰えないんだね」

「秀明って、いい名前じゃないか」

「浩之の方が好きだ」

「ならずっと浩之って呼んでやるよ」

自分の名前を聞かされても、浩之には何の感動もないのだろうか。母親がいなくなったと聞いて、不安になっている様子もない。

やはり記憶喪失は本物だと思えるが、疑いは少し残る。

「退院が伸びちまったな」

「でもこれでカテーテル検査が受けられる。高野先生が、どうしても受けろって、うるさく言うんだ」

「八年間、どこの病院にも行ってなかったんだ。その間に進行してるかもしれないだろ」

「先生に心配かけたけど、帰る家だけは見つかった。これ以上、迷惑かけずにすむから、ほっとしてるけどね」

「……」

母親が行方不明のままだったら、浩之はどうするのだろう。

車も運転出来ないのに、あんな辺鄙な別荘で一人で暮らすことは出来ない。記憶も戻らないまま、一人で東京に帰るのだろうか。

東京に戻ったら、記憶が戻る可能性もある。けれど母親の居場所がはっきりするまで、警察はそれを許さないだろう。

退院してからのことだから、一樹が心配するようなことではないのかもしれないが、あの別荘に浩之を帰すのは辛かった。

「検査が済んだら、精神科の診察を受けよう。思い出せなくても、これからは間宮秀明として生きていかないといけないんだ。少しずつでも、自分を取り戻さないとな」

「全部思い出したら、浩之だった時の記憶は消えるのかな？」

浩之は一樹を見つめて、悲しそうに言った。

「どっちかしか残せないいんなら……浩之のままでいたい」

「浩之になってから、十日しか経ってないだろ」

「だけど幸せな記憶しかないんだ」

これが幸せだというのか。別荘で暮らしていた時と、何ら変わっていない。家が病院に変わっただけだ。

大きな違いは、これまでは母親がやってくれていたことを、すべて病院のスタッフが行ったというだけだろう。

それでも浩之にとって、ここでの生活は幸せだったというのか。

「ほとんど病室にいたのに……幸せだった？」

「いつも先生が見守っていてくれたから」

浩之の手は、またもや一樹の白衣を握りしめていた。

浩之は、やはり孵ったばかりの雛だったのだ。最初に目にしたものに、縋り付かずにはいられなかったのだろう。

「なぁ、ここに別荘を買ったのは、もしかしてこの病院に通わせるつもりだったんじゃないか」

一樹は思い付いたまま口にした。

「あんな風に出会わなくても、きっと俺達、出会ってたよ」

「それだと……ただの医者と患者のままだよ」

浩之は意味ありげな視線を向ける。

「先生を独占出来なかった」

一樹の胸は、小さく波打つ。

浩之が起こす波のせいだ。

波頭も生まれない小さなうねりだ。けれどそれは陸地に近づくにつれて、どんどんうねりを大きくしていき、しまいには真っ白な波頭を思いきり打ち付けて、砂浜に砕け散るのだ。

「退院したら、真っ先に何をしたい？」

真夏の浜辺で、太陽に焼かれているような熱さを感じながら、一樹は優しく尋ねる。

「許されないこと……」

浩之の言葉は謎だ。

「海で泳ぐとか？」

本当に浩之の記憶は失われたままなのかと、一樹は疑いを持った。

あまりにも悲しかった秀明の記憶を、あえて消し去りたいのではないだろうか。

二十年以上、母親とだけ過ごしてきたのだ。その間にどれだけの楽しい思いをしたかは分からない。逆にどれだけ辛い思いをしただろう。

思い出したくないことばかりだったら、浩之は自衛手段として心を閉ざしたままでいるのだろうか。

「いきなりテニスは、お薦めしないな」

「テニス……そうだな。スキー、スノーボード、サーフィン、真夏のライブコンサート、サッカー観戦……」

そんなものをずらっとあげた後に、浩之は呟く。

「嘘だ。本当に一番したいのは……」

浩之は目を閉じる。

そして苦しげに呟いた。

「自分らしく生きたい。自分でも、自分らしさが分からないのに、おかしいかな」

「今のままでも、充分に浩之は浩之らしいよ」

「浩之らしさって何？」

「子供みたいに、真っ白なのが浩之だ。汚れてないってことさ。秀明もきっとそうだったと思う。でもあんまり白すぎるのもつまんないだろ。今から、少しずつ自分で違う色を足していけばいいいさ」

自分はこの真っ白な男を、汚したいと思っているのか。一樹はじっと浩之を見つめながら、またもや湧き上がる危険な感情を持て余す。

白い心の中に、俺の顔を描いてくれと言い出しそうになって、一樹は俯いた。

「お母さん、もうすぐ帰ってくるよ。浩之……いや、秀明と喧嘩でもしたんじゃないか。それで怒ってさ、旅行にでも出かけたのかもしれない」

一樹から浩之を奪っていくだろう母親に嫉妬していたが、そんなことを浩之に悟られるわけにはいかない。

母親は戻ってきたら、これまでと同じように浩之と二人だけの世界に閉じこもるのだろう。そこに一樹が入り込むことは出来ないのだ。

「退院してからも、たまには俺の家に遊びに来いよ。投薬か簡単な手術で、かなり状態もよくなると思うんだ。いろんなことやってみようよ」

つとめて明るく言おうとした。

浩之は一樹を独占しているみたいだと言うが、一樹の方が本当はこのまま浩之を独占していたかったのだ。

母親を非難することは出来ない。一樹も同じように、浩之を自分の腕の中に閉じこめておきたかった。

浩之には守ってあげたいと思わせる何かがある。それは母親が浩之に求めた姿だったのかもしれない。

「先生……」

浩之は思い詰めたような口調で言った。

「今、恐ろしいこと考えてる」

「何だよ？」

「写真見ても、あの人が母だと思えない。他人みたいだ」

「本人に会えば思い出すさ」

浩之は力なく首を振ると、一樹を見つめて言った。

「このまま会えなくてもいいんだ。それより先生といたい……」

一樹の心の中に、波が生まれる。小さな波ではない。大きなうねりとなり、堤防に激しくぶち当たるような波だ。

「浩之……」

「先生と暮らせると思ったのに……このまま迎えなんか来なければいい」

「言うなよ。それ以上は、言ったらいけない」

そうだ。不用意に口にした言葉は、時に呪《のろ》いを呼ぶ。医者である一樹が、そんな迷信じみた考えを持つのはおかしいが、一樹は浩之の言葉に怯えた。

「ずっと側にいるから。家だってそんなに遠くない。毎日でも、浩之の家に遊びに行ってやる。だから……安心しろ」

一樹は浩之の手を、再び強く握った。

母親より自分を選んでくれた。それだけで一樹の心は満たされた。

けれど母親が浩之の今の言葉を聞いたら、激しく傷つくだろう。二十六年の間、大切に育ててきた息子だ。なのに知り合ったばかりの一樹といたいと浩之は思っている。

それにしても母親はどこに消えたのだろう。

心臓の悪い息子を一人にして、十日以上家を空ける筈はない。やはり犯罪に巻き込まれたとしか思えないが、一樹はもしかしたら母親は、すでに自殺しているのかと疑った。

ほうら、私がいないと、秀明は生きていけないのよと、残酷に笑う女の声が聞こえる気がする。直接手を下すことはなくても、無理心中のようだった。

浩之は日増しに明るくなっていった。いつの間に交流するようになったのか、小児科病棟の子供達の勉強を見たりしている。記憶はないのに知識は豊富で、浩之は何でもよく知っていたから、子供達にとっては家庭教師のようなものだった。

今日も小児病棟の一角で、浩之は怪我で入院している小学生の相手をしていた。

そんな姿を目にすると、一樹もほっとする。気付かれないようにしばらく浩之の姿を見ていたが、午後の回診があるのでその場を離れた。

秋の空は澄み渡り、気持ちのいい午後だ。病室はどこもまったりとしていて、体調のいい入院患者達は、思い思いに過ごしている。緊急の処置を要する患者もなく、付き添いの家族達もこんな日は悲壮感も少ない。

回診が終わると、見舞客が訪れる時間になる。午後の外来患者の診察も始まり、ゆったりとしていた時間は、またもやせわしなく動き出す。

医局に戻って、僅かの休憩を取っていた一樹のところに、看護師が青ざめた顔でやってきた。

「相沢先生…間宮さんが、胸部の疼痛《とうつう》を訴えて倒れました」

「倒れたって？　今、どうしてる」

「集中治療室に運びました」

「高野先生は？」

「今日はいらしてません」

「ああ、学会だったな」

一樹は急いで集中治療室に向かう。

ついさっきまで、子供達相手に笑顔を浮かべていた。ここ数日、体調はよくなっていて、精神科医の診察を受けても動揺することはなかったのだ。

「何かあったの？」

一緒に早足でついてくる看護師に、一樹は尋ねた。

「お見舞いの方と、談話室で面会されてたんですけど」

「見舞い？」

それが誰かは、聞かなくても分かった。

集中治療室の近くで、吉村が呆然と立ちすくんでいたからだ。

「何したんだ、あんたっ！」

一樹は思わず吉村に詰め寄っていた。

「医師の立ち会いなしで、事情聴取なんて認めてないぞ！」

「こっちも急いでるんですよ」

吉村も強気だ。負けじと勢いよく言い返してくる。

「三十キロ北の海岸で、間宮弥生さんの遺体が発見されたんです」

「そんなことをいきなり浩之に言ったのか？」

「仕方ないじゃないですか。二日前に、間宮さんのカードで金を下ろしていた女がいたんですよ。強盗事件の可能性が出てきたんです」

「そんなことは警察の仕事だろ！」

「何か思い出してくれるかと思って…」

強気だった吉村も、集中治療室の慌ただしい様子に、申し訳なさそうな顔になった。

「それだけじゃないだろ……浩之を……共犯だと疑ったんだ」

一樹は吉村のスーツの襟《えり》を掴む。

けれど殴るまでは出来ない。荒い呼吸を整えるのが精一杯だった。

「いきなり倒れるなんて……思わなかったんです、まさか死んだりしないですよね」

「死なせてたまるかっ！」

吉村を軽く突き放すと、一樹は急いで集中治療室に向かった。

「死ぬな、まだ何も始まっちゃいない」

ベッドの上には、浩之が蒼白な顔で横たわっていた。

ただちに人工呼吸器が口にはめられて、心電図がセットされる。

動きの悪くなった心臓は、体中に血を巡らせるという大切な仕事を放棄しようとしていた。そうなると肺も腎臓も働きを弱め、しまいには大切な脳にまで血液が回らなくなってしまうのだ。

母親が迎えに来たのだろうか。

迷信なんて信じない一樹だが、今日ばかりは弱気にもなる。

遺体が発見されたのだ。

浩之の母親の死は、確定してしまったのだ。

溺愛し、大切に守ってきた息子を一人残して、弥生は死ぬに死ねなかっただろう。無念な気持ちが残っているに決まっている。

弥生の魂は、浩之を冥界《めいかい》に誘おうと必死になっている筈だ。

浩之が数日前に口にした、呪いの言葉が厄《やく》を呼んだと浩之は強い自責の念に駆られただろう。それが伸びきって弱った心臓に、決定的なダメージを与えたのだ。

負けたくないと一樹は思った。

あなたが与えられなかった幸せを、今度は俺が代わりに与えるから、どうか浩之を連れていかないでくれと祈りながら、一樹は浩之の心臓が再び通常の動きを取り戻すために、戦いを開始した。

浩之は混濁《こんだく》した意識の中で、自分を照らしているライトを見つめる。

いつかそのライトは、月に変わっていた。

満月。禍々《まがまが》しいほどに美しい満月。

それをじっと見ていたのは、いつだっただろう。

そうだ、浜辺で波に体を洗われながら、為《な》す術《すべ》もなく月を見ていたんだと、浩之は思い出した。

一つのことを思い出すと、次々と記憶は蘇り、過去が様々に交錯して浩之をとまどわせる。

『間宮弥生さんの遺体が、今朝方、発見されました。重しをつけて海中に沈められていたのが、外れたんでしょうね』

確か吉村とかいう刑事だ。

とても平和な気分で、子供達の相手をしていたのだ。面会時間になったから、誰も面会人など訪れない浩之は、自分の病室に戻った。

自分にも個人資産がありそうだと知って嬉しかった。これで一樹に余計な負担を掛けずに済む。

一樹を好きだからこそ、甘えてばかりもいられない。

もしこの心臓が持つのなら、どれだけ時間がかかってもいい。大検を受けて大学に進学し、いつかは子供達を教えるような仕事をしてみたい。

病気で学校に通えない子供や、様々な事情で登校拒否をしているような子供の、家庭教師になりたかった。

そんな夢を抱き始めた矢先、吉村は突然、母の死を伝えに現れたのだ。

『二日前に、女性が弥生さんのカードを使って、現金を引き落としています。何か心当たりはありませんか』

吉村は早口で言う。

『これでただの行方不明事件から、強盗殺人に切り替わったんですよ。意味、分かりますか?』

返事をしない浩之に苛立って、吉村の口調は荒くなった。

僕がどこかの女に命じて、母の金を奪おうとしているとでも言いたいのかと、怒りのあまり叫びそうになった時、激しい痛みが心臓を襲った。

いつだって役に立たない心臓だ。肝心な時になると、きりきりと痛んで勝手に動きを止めてしまう。

そのせいで大切な母すら守れなかった。

今なら思い出せる。

母をとても愛していたことを。

いや、母しか愛せる人がいなかったことを、思い出したのだ。

『今年の中秋《ちゅうしゅう》の名月《めいげつ》は早いわね』

小菊とススキを飾りながら、弥生は浩之、いや秀明に向かって言った。

『秀君。ご覧なさいな。月がとっても綺麗よ』

母はテラスに続く窓を開き、浩之を外に誘った。

デッキチェアに座り、秋の始まりというより、夏の終わりといった印象の強い、寂寞《せきばく》とした風景を眺める。

『海に月が映って……とても綺麗ね。ここに来て本当によかった。麻布の家は、うるさすぎたものね』

浩之にはそんなにうるさい環境とは思えなかった。ほとんど家を出ることもないのだ。うるさいと感じるようなこともない。だが母親にとっては、町会の役員の訪問や、新聞の勧誘ですらうるさかったのだ。

外に出れば何でもある。なのに浩之がコンビニに買い物に行くのも母は嫌がって、すべて母が代行してしまった。

なぜなら街には危ない人達がうろついていて、浩之にとって危険なことをしかけてくると、母は本気で怯《おび》えていたからだ。病院に行けば風邪をうつされる。そんな理由でもう何年も、検査のために病院に行くことすらしていない。

年を追うごとにますます母は閉鎖的になり、ついには別荘を買って東京から逃げ出してしまった。

『お母さん、こっちに来たら病院に行くって言ってただろ。近くの大学病院に、心臓専門医のいい先生がいるって言ってたじゃないか』

そのためにここに別荘を買ったのではなかったか。なのに母は、浩之を病院に行かせることもしなかった。

浩之の言い方が詰問《きつもん》調だったせいか、弥生は慌てた。

『安静が何よりも大切なのよ。今はとても落ち着いてるから、わざわざ病院まで行く必要ないでしょ』

弥生は椅子に座る浩之の背後に立ち、その体をそっと抱きしめた。

『私がいるわ。お母さんが守ってあげるからね。秀君はここにいればいいの』

『新しい治療法が研究されてるらしいよ。今の医学は、お父さんが死んだ二十年前とは違うんだ。治療しながらでも、普通に社会生活が出来るんだよ』

母と言い争いはしたくない。けれど浩之としては、転地をきっかけに何かが変わることを期待していたのだ。

なのにこのままでは、東京にいた時と何ら変わらない。いや、むしろ外出もままならなくなって、かえって不自由になってしまった。

せめて病院でもいいから、出かけたかった。そんな機会でもなかったら、ますます外部の人間と接触することがなくなってしまう。

『またインターネットで調べたの？　ストレスの原因になるから、ほどほどにしなさいって言ったでしょ』

母は浩之がネット依存になることを警戒している。

だがここでネットまで禁じられてしまったら、浩之は完全に世界から孤立してしまう。

寂しくてたまらない。

その寂しさを埋めるために、浩之は別の名前を使い、全く別人になりすまして、時々若者向けのチャットに出入りしている。

嘘の自分が、いつか本物の自分のように思えてきて、後で虚《むな》しくなると分かっていても、ネットに入っている間だけは本当の自由を感じられた。

『僕に許されるのは何？　お母さんを愛することだけ？』

『何を怒ってるの。無理したらお父さんのようになるのが分かっているのに、どうしてそんなに外に出たがるの』

『お母さん。現実を見てくれよ。もう子供じゃないんだ。ちゃんと働けなくてもいい。ボランティアでもいいから、何かやりたいんだ』

それでも何年か前までは、ボランティア活動くらいには参加させてくれていた。だが風邪を引いた、疲れたといったことを理由に挙げては、徐々に制限をされていき、ここ数年は全くどこにも出かけていない。

病気は口実だと、浩之は思う。母は浩之が出かけた先で、友人を作るのが怖いのだ。それだけではない。浩之が二十歳を過ぎて男らしくなってからは、自分以外の女性を愛することを、何よりも恐れていた
『秀君は私が独りぼっちになってもいいのね？　私一人を置いていくつもり？』

感情が高ぶると、母はいつも同じことを口にする。

浩之は絶望的な思いで、何度も繰り返し聞かされた言葉をまた耳にしなければいけなかった。

『こんなに愛してあげてるのに、それでもまだ足りない？　他の誰かが必要なの？　お父さんみたいに、死ぬまで無理して、人に褒《ほ》められたいのね』

『いいよ……分かった。もういい』

美しい月すら、呪《のろ》わしいものに思えた。瀟洒《しょうしゃ》な別荘は、今や浩之を閉じこめる獄舎《ごくしゃ》でしかない。

けれどここを逃げ出すには、あまりにも危険なものを抱えている。いつ機能を停止してしまうか分からない心臓だ。

『お母さんは……僕と心中したいんだ』

言ってはいけない言葉だった。なのに月の魔力にでも犯されたのか、浩之は恐ろしい言葉を止められなかった。

『何てこと言うの』

『だってそうだろ。僕が一人で生きられないようにしてるだけじゃないか』

母が死んだら、自分はどうなるんだと言いかけて、さすがに浩之は口をつぐんだ。そんなことを言ったら最後、言霊《ことだま》に引きずられて、本当にいつか母を殺し損ねない。

『どうして僕を愛するのが、お母さんだけなんだ』

『いいじゃないの。それじゃいけない？　私が世界中の人の分まで、秀君を愛してあげるわ』

思い詰めたあまり、母はもう狂気の縁にまで近づいている。

けれど母を救える人間は、浩之以外には誰もいないのだ。救ってあげたくても、浩之には方法が何も見つからない。

せめて病院にでも行ってくれたら、そこで自分の担当医に、母のことも相談出来るのにと思ったが、それすら難しくなってきている。

部屋に戻ろうとする浩之を、母は叫ぶようにして押し止めた。

『秀君！』

『もう寝るよ。安静が第一なんだろ』

眠ろうと思っても、安眠出来たのはいつまでだろう。最近は眠っていても、時折胸苦しさを覚えるようになった。危険な徴候だと思える。そのせいか眠ることすら、もう浩之にとって安息ではなくなっていた。

部屋に入ると、浩之はパソコンのスイッチをつけた。

ここにだけ世界がある。

浩之が唯一、参加することの出来る世界があるのだ。

ネットサーフィンを開始する。見たい情報をすべて見終わると、今度はチャットに参加した。その時に浩之は、自分とは別人になって登場した。

男らしい性格。明るくて、仕事場の同僚には人気がある。恋人はいることにしよう。時にはその恋人が、男性になることもあった。

だが悩みはたいがい変わらない。本人の悩みでもある、過干渉《かかんしょう》の母親だ。マザコン男だとは思われたくない。そう書くと、同じような意見を持つ人間が出てくる。

浩之はゲームはあまりやらなかった。過激なゲームは刺激が強すぎると、母に禁じられたせいもあるが、バーチャルのゲーム世界よりも、人間の生の叫びを求めていたのだ。

カチカチと並んでいく文字の中に、生きている人間の魂の叫びが見え隠れする。

浩之と同じように、嘘《うそ》の履歴で書いている人間もいるだろう。けれど何人かは、真実を伝えている。同じ時間に、同じような悩みを、誰かがパソコンに打ち込んでいるのだ。

一人じゃないんだと、浩之はほっとする。

『あれ?』

突然、ネットが繋がらなくなった。完全に電話回線が切れてしまったようだ。

『そこまでする?　最悪だな』

浩之は真っ先に母親を疑った。先ほどの言い争いに苛ついた母親が、メイン回線を引き抜いたと思ったのだ。

苛ついたままパソコンを切ると、浩之は下に行って母に文句を言おうとした。こうなったら喧嘩になってもいい。言いたいことをすべて口にしてしまわないと、自分が潰れてしまいそうだ。

自室のドアを開いた途端に、聞こえてきたのは母の悲鳴だった。

『何するんですか！　出ていって』

浩之はそっとドアを開き、階段の吹き抜け部分から下の様子を窺《うかが》った。

三人の見知らぬ男達がいた。

『ここは私の家よ。出ていってちょうだい』

『マネー、お金だよ。ないんならカード。カード出せ』

『早くしろ、ババァ！』

母親は気丈《きじょう》にも、電話の子機を取って警察に通報しようとした。

回線は切られてるんだ。電話は使えないよ。携帯もないだろ。どこにも連絡なんて出来ないんだよと、浩之はじっと身を潜《ひそ》めながら思った。

子機は奪い取られ、男の一人が手荒くそれで母の頭を叩いた。

財布もカードも渡してしまえばいいのだ。そうすればやつらは出ていく。そう思ったが、そんな単純なものではなかった。

『バッグ、これか？　暗証番号は？』

『……』

何度小突《こづ》かれても、母親は何も言わなかった。男達からバッグを取り返し、じっとしている。

このままでは殺されるかもしれない。

なのに浩之には、母親を助ける手だてが何もないのだ。

急いで部屋に戻り、買って貰ったばかりの靴を箱から取り出した。それを手にして、浩之はベランダから外に飛び降りた。

電話線が途中からぶら下がっているのが見える。

家の前には、白い古びたバンが停まっていた。

これは完全に計画的な強盗だ。下手に逆らっても無駄なだけなのにと、家から漏れ聞こえる男達の怒声《どせい》を耳にして浩之は思った。

助けを求めにいくのだ。

そう思ったけれど、どこに行ったらいいのか分からない。

近くに人家は少なく、あってもそのほとんどが、週末や夏休みだけ利用される別荘だ。

外は満月のせいで、昼のように明るい。道路を歩いていたら、男達に発見されてしまう。

そう思った浩之は、丈高い雑草の間に身を隠すようにして歩いた。

『ハーッ、ハーッ、ハーッ』

自分の吐き出す息が、風の音のように聞こえた。

足はもつれ、汗が額から伝い落ちる。

苦しい。

苦しくてたまらない。

なのに歩き続けないといけない。

何のために歩いているのだろう。目的がいつの間にか分からなくなった。どうやら意識が朦朧《もうろう》としてきたようだ。

『ははっ、はっ、あははは』

おかしくもないのに、笑いが止まらなくなってきた。

空を見上げると、満月がそんな浩之を見下ろしている。月面の影は、まるで憐《あわ》れみを浮かべて微笑む女の顔のようだった。

『このまま…どこかに行ってもいいんだ』

母親なんて、もうどうでもいい。

生きることさえ、どうでもいい気分になっていた。

『……海だ……』

どこをどう歩いてきたのだろう。浩之はいつか岩場の間を通り過ぎ、浜辺に降り立っていた。

優しい月の光に照らされていても、海は獰猛《どうもう》だ。

絶え間なく波は牙《きば》を剥《む》き、浜辺に喰らいついては消えていく。

『……海か……』

何年も海になど来たことがない。いつだって海は、遠くから眺めるだけのものだった。

浩之は真新しい靴を、波に喰わせた。

白い柔らかな靴の中に海水が入り込み、歩く度《たび》にくしゅくしゅと音がする。洒落たパンツの裾は濡れ、足は忘れていた海水の冷たさを堪能《たんのう》していた。

どれくらい波打ち際を歩いただろう。ついに浩之は、胸の苦しさに耐えきれなくなって、泡立つ波の中に倒れた。

何と愚《おろ》かで、無力な男。

愛する、母親一人すら守れない。

それどころか、解放されてほっとした気持ちになっている。

母親もどうせ助からないような気がした。

それでもいいと浩之は思う。彼女もこれで苦しみから解放される。あの別荘で、緩慢《かんまん》に死を待つよりましだ。

いっそ死んでしまった方が楽になれるんだと、恐ろしい考えに浩之は取り憑《つ》かれる。

そんな自分が嫌だ。だからこのまま、自分も波にさらわれて消えてしまえばいい。

浩之は月に願う。

どうか、私を消してくださいと。

細い月が、夜明け近くの空に浮いている。

病室から見上げていた一樹に、浩之のか細い声が聞こえた。

「知らない男が三人、夜中に襲ってきたんだ。電話をしようとした母の頭を、電話機で殴ってた…」

「いいよ。無理して話さなくていいから」

一樹はすぐに浩之に近づき、容態を確認する。浩之の手は、約束のように一樹の白衣を握りしめていた。

「携帯持ってなかったから、近くの家に助けを求めようとしたんだけど、家がなくて」

「分かった。思い出したんだな」

「思い出した……？　そうか……忘れてたんだ」

「急いで話そうとしなくていい。時間はあるよ。いつだって聞いてやるから」

心臓の拍動《はくどう》も、呼吸もすべてが回復したのに、浩之はなかなか眠りから覚めなかった。

そのせいでずっと付き添っていた一樹は、ほっと胸を撫で下ろした。

「先生……疲れてるみたいだ」

「そう思ったら、あんまり心配させるな」

浩之の手を白衣から外させると、そのままぎゅっと握りしめてやる。

「お帰り……浩之」

続けて一樹は、浩之の手を自分の頬に当て、さらに唇を軽く押し当てた。

「秀明とは呼ばないって、約束したからな」

「忘れてないよ。みんな覚えてる」

母が遺体で発見されたことも、覚えているのだろう。せっかく回復したのに、またもやストレスを与えたくはない。一樹は慎重に言葉を探そうとした。

「お母さんは……お気の毒だったね」

「いいんだ。僕から解放されて…幸せだったかもしれない」

「そんな考え方するなよ」

励ましたつもりだが、浩之の反応は淡々としている。記憶を失う前に、すでに母の死を覚悟していたようだ。

「先生……僕は……母を愛してたんだ。だけど心のどこかで、憎んでもいた。何度か母の死を願ったことがあったよ」

「そんなのは誰にでもあるもんだ。どこの親子だって、一度はそういう憎しみに取り憑か

れる。浩之だけが特別じゃない」

「特別……じゃない？」

「憎み合い、許し合って、人間は関係を築いていくもんだ」

言ってしまってから、一樹は少し恥ずかしかったなと照れた。

「今の状態じゃ、東京に帰って葬式は無理だろ。鑑識での解剖が終わったら、火葬の手配はしてあげるよ。よければ納骨までしてあげてもいいけど」

「結局、先生に何もかも頼っちゃうんだな」

「俺には、甘えていいんだ」

甘やかすだけでは、浩之の母親がしていたことと同じじゃないかと、一樹は自分を戒《いまし》めた。けれど浩之には、保護欲を駆《か》り立てるところがある。甘やかすことで、一樹もまた満足感を味わっているのだ。

「甘やかすけど、縛り付けるつもりはない。葬儀のことだって、自分でやりたければやっていい。ただし、医者同伴でやること」

一樹は浩之のベッドに上半身を預けて、眠そうな声で言った。

「あの家に帰るのか？」

浩之を気の毒だと思うが、一樹は内心少しほっとしている。

これで決定的な別れになることはなくなった。それどころか、浩之を自分の側にいさせていい正当な理由が出来たのだ。

「麻布にも家があるんだ」

「そうだったな」

「どっちの家にも……母がまだいるみたいで……恐《こわ》い……」

風が入らない病室にいながら、一樹は風に顔を嬲《なぶ》られたような気がして顔を上げた。

本当は浩之を連れていきたかっただろう。なのに一樹が無理矢理生還させてしまった。

母親の霊がまだそこにいるのなら、きっと悔しがっているに違いない。

「なぁ、約束したとおり、俺と暮らさないか」

一樹は浩之を見つめて、笑顔で言った。

「家は狭いけど、夜と休日には医者の完全看護付きだ。どう？」

「……掃除も、料理もしたことないんだ」

「俺の話し相手は経験済みだろ」

連れて行かないでくれと、一樹は何もない空間を見つめて祈る。

まだ早い。何も始まっていないうちに、勝手に幕を引かないでくれと祈るような気持ちだった。

「話し相手しか出来なくてもいい？」

「いいよ。急ぐことない。体調さえよくなれば、いろんなことが普通に出来るようになるんだから」

口にこそしないけれど、一樹は脳裏に浩之と抱き合う場面を思い浮かべていた。

そんなことがしたいだけかと、嘲笑《あざわら》う声も聞こえる。それを一樹は、そんなことすら浩之は出来なかったんだとすり替えた。

今の状態では、欲望に負けることは許されない。このまま静かに、浩之を見守っていくだけだ。

本当にそんな場面になった時、浩之を抱けるのかは疑問だ。今はただ漠然《ばくぜん》と、恋愛のゴールとして抱き合うという形を想像しているが、同性とそういった行為を一度もしたことがないだけに、現実感はあまりない。

浩之の存在そのものも、現実感はなかった。

記憶のない男。過去も未来も、何もない男だったのに、それが突然、間宮秀明という現実の男になってしまったのだ。

二人の未来は、もうお伽噺《とぎばなし》ではない。

医者と患者という立場だけでもなくなった。

生身の二人の男が、愛情とか信頼とかの不確かなものだけを頼りに、寄り添って歩いていこうとしている。

月が痩せ細るように、こんな想いもいつか痩せて消えてしまうのだろうか。

いや、月はまた姿を現す。たとえ消えることはあっても、再び満月となって地上を照らすのだ。

月は日々、膨らんでいく。

そして一樹と浩之の間に、一カ月の時が流れていた。

「不整脈には気をつけるんだよ。薬は忘れずに飲むように。進行性だけどね、生存率は上がってる。無理しなければ、医者の俺達より長生き出来るかもしれない。体調がよくなったら、手術も検討しよう」

高野は浩之に向かって、退院前の診察にあたり、これまで何度も言ってきたことを、また繰り返して説明していた。

「相沢の家に転がり込むって？」

突然高野は医者の顔を放棄して、好奇心剥き出しで聞いてきた。

「はい。母も亡くなって、一人ではあの辺鄙な場所では暮らせないので」

「そう…じゃあ、あいつに減塩食の指導しないといけなかったか？」

「いえ、自分でやれることは、何でもやります。やりたいんです」

「そうだな。安静が大事っていっても、何もするなってことじゃない。同じ病気を抱えていても、社会で働いてる人達が大勢いる」

高野の言葉に、浩之は大きく頷いた。

「こんなこと言えるほど偉くはないんだが、まぁ、人は生まれてきたことに、何かしら意味があるんだ。無意味な人生なんてない。生まれ変わったと思って、出来ることから少しずつやっていきなさい」

「はい」

本当に生まれ変わったんだと、浩之は思う。

間宮秀明という名前は戸籍上そのままだけれど、自分は今、浩之と呼ばれる別の男として再生したのだ。

浩之は秀明とは違う。家の中にひっそりと隠れて、別の人間のふりをしたりする必要はもうない。

高卒認定試験に受かったら、そのまま通信教育の大学課程に進みたかった。今は春になるのを待つだけだ。それまではひたすら勉強だけしていればいい。

夢に近づく努力をしてもいいのだ。

年の遅れなどもはや気にしない。それよりも自分に遺《のこ》された時間の中、思いきり生きてみたかった。

高野の前を辞すと、浩之は病室に戻る。いつの間にか増えたのだろうと思うほどの荷物は、一樹がもう丁寧に箱詰めしてくれていた。

「浩之くーん、お元気で」

看護師達が病室を訪れ、小さな花束を手渡してくれた。

「また小児科病棟にも遊びに来てね」

勉強を見ていた子供達からの寄せ書きを渡されて、浩之は端整《たんせい》な顔を綻《ほころ》ばせた。

「おまえらなぁ、どうせまた定期検診で来るってのに、何、うるうるしてんの」

一樹は呆れたように看護師達を見て笑った。

浩之の退院に合わせて、一樹も休みを取っている。白衣を着ていない一樹は、医師には見えない。都会を颯爽《さっそう》と歩いているのが似合いそうに見える。

「行くぞ」

「どうもいろいろとお世話になりました。定期検診の時は、またよろしくお願いします」

挨拶する浩之の腕を、一樹は乱暴に引いた。

「そういうのはもういいから」

事件で母親を失い、独りになってしまった患者を担当医が引き取る。それだけでも病院内のスタッフにとっては、驚きだっただろう。二人の間に生まれた感情を、いろいろと憶測する人間も中にはいるだろうが、誰も直接問いただすようなことはしなかった。

たとえ聞かれても、一樹も浩之も答えようがない。ただ浩之の家が辺鄙な場所にあることだけが、理由らしき理由だ。

医者には退院後の患者の私生活まで、面倒をみる義務はない。誰もがしないようなことをするのには、特別な理由があると思われただろうか。

重たいだろう箱を、軽々と運ぶ一樹の後に従いながら、ついに浩之は病院を出た。

見上げると、晩秋の青空が視界いっぱいに拡がっていた。

駐車場に植えられた木々は、もう葉の色を変えている。空気にはすでに冬の予感を感じさせる冷気があって、浩之の頬をひんやりとさせた。

浩之の目の前に、無限大の広さで世界が待ち構えていた。

何をしてもいい自由。

その中で浩之は、一番したいことを考える。

一樹を愛し、愛されたかった。

母を愛したようにはいかない。一樹には浩之など想像も出来ない、豊かな人間関係がある。充実した仕事をこなし、精力的に毎日を生きていた。

しかも一樹自身はあまり意識していないだろうが、誰から見ても一樹はいい男だ。性格はさっぱりしていて男らしく、時には残酷なほどの優しささえ示す。

そんな一樹に愛されたいと願う人間は大勢いるだろう。

浩之は生まれて初めて、愛情を手に入れるのも、実は戦いなのだと知った。

「これからは甘やかさないからな。覚悟しとけ」

車に乗り込んだ一樹は、いつもの明るい調子で言う。

「同居のルールを決めよう」

エンジンをスタートさせると、一樹は車を走らせながら言った。

「雨が降ってきたら、洗濯物は取り込め」

「何だよ、それ。常識じゃないか」

「牛乳は腐る前に飲む」

「腐らせてたの？　最低だな」

「俺の作った飯に外れがあっても、まずいとは言うな。傷つくし、作る意欲がなくなる」

浩之はおかしさについに笑い出した。

「部屋、狭いからな。ベッドは一つしかない。一緒に寝るのが嫌だったら、俺を蹴飛《けと》ばして床に落とすように」

「……」

家がそんなに狭いとは思えない。

あえて新しいベッドを用意しなかったことに、浩之は一樹の愛を感じる。

自分はまだこの戦いに勝っているのかと、浩之は安堵した。

「別荘に寄るよ。持っていきたいものとかあるだろ」

一樹は車を、浩之の家に向けていた。

「思い出したくないだろうけど、現実をしっかり見つめる訓練もこれからはしていかないとな。辛かったら、遠慮なく俺に向かって吐き出せ」

力強い一樹の言葉に勇気づけられて、浩之は頷いた。

見覚えのある風景が拡がっている。記憶をなくしていた時には、同じ風景を見ていて何の感慨も湧かなかった。

なのに今になって見ると、自分が歩いた道程《どうてい》さえ思い出せた。

「どうして海に向かって歩いていったんだろう…」

道路をそのまま行けば、その先には人家もあった。なのに浩之は、雑草の茂る荒れ地をぬけて、さらに岩場を通って海に向かったのだ。

「死にたかったのかな」

「月を目指して歩いてたんじゃないか。意識が朦朧としてくると、灯りに引き寄せられるからな」

一樹の言葉に、浩之はなるほどと納得した。

母親は浩之を逃がすためか、どうしてもカードの暗証番号を教えなかったようだ。自分なりに時間稼ぎをしたつもりだったのだろう。

それが却《かえ》って最悪の結果を導いてしまったようだ。焦《あせ》った男達は、母親を車に乗せて連れ出した。けれど結局、最後まで母親は暗証番号を教えず、絞殺されてしまったのだ。

カードのスキミングをするのに、犯人達も手間取ったようだ。結果、二週間近くが過ぎてから、やっと支払い限度額の五十万を引き下ろしただけだった。

母親の命の値段にしては、あまりにも安すぎる。悔しさはあったが、浩之はあえてそのことは考えないようにしていた。

刑事の吉村は、共犯者にやらせたのではないかと、まだ浩之を疑っている。弁護士を新たに雇って分かったことだが、確かに疑われてもしかたのない金額を相続していた。けれど浩之にとって、財産などはもはや意味がない。死ぬまでにかかるだろう医療費以外に、何が必要だというのだ。

欲しいものは、金を積んで手に入るような性質のものではない。

たとえば一樹の愛情だ。無一文《むいちもん》の身元不明男でも、一樹は浩之を受け入れた。金をちらつかせたりしていたら、決して手には入らなかったものだろう。

母の命だって、金で救えたとは思わない。顔を見られているのだ。室内からとれるだけ獲った後で、やはり彼等は母を殺したに違いない。

久しぶりに戻った別荘は、荒涼とした気配を漂わせていた。

無人なのをいいことに、セイタカアキノキリンソウが我が物顔に庭を占拠している。美しかったデッキチェアは、風雨に曝されてすっかり色褪《あ》せていた。

テラスは海鳥の糞で汚れ、所々に枯れ葉がたまっている。

電話線は切られたままだ。

乗り手のなくなった車の窓は、海から運ばれてきたのか、細かい砂が覆っていた。

「連れて来ない方がよかったかな」

「平気だよ。これが現実なんだから」

浩之は吉村が届けてくれた鍵を手に、玄関に向かう。

「先生……側にいて……開けるの恐いんだ」

呼ばれた一樹は、浩之の背後に立って、その肩を抱いた。

「ドア開いたら……お母さんがいそうで」

「落ち着けよ。動揺するようなら、このまま行こう」

浩之は首を振ると、勇気を出してドアを開く。

懐かしい我が家の匂いがした。母がよく飾っていた、ポプリの匂いだ。

家の中は外と違って、荒れた様子はどこにもない。微かに違和感があるのは、警察の鑑識が使った指紋を採るための薬剤が、ところどころに遺されているくらいだった。

この家に初めて入る一樹は、珍しそうに室内を見まわしている。壁には母親と撮った写真が、ずらっと飾られていた。その一つを一樹は見ている。いつだったか吉村が、浩之の身元確認のためにと持ってきたものと同じ写真もあった。

「パソコンと、服持ってくるから」

「一緒に行こうか？」

「ここで待ってて」

二階の自室に浩之は入った。

あの日、開け放したままで出ていった、テラスに続く窓は閉ざされている。いったい誰が閉めてくれたのだろうか。靴が入っていた箱は、デスクの上に置かれていた。

出ていったのは九月だ。それがもう十月になっている。クロゼットを開き、冬用のコートやセーターをバッグに詰めた。

ここに二度と戻らないかもしれない。

改めて部屋を見まわす。そういえば麻布の家からここに越してくる時も、二度と戻ることはないと部屋を見まわしていたような気がする。

以前から使用していたノートパソコンを、専用のバッグにしまった。記憶を失うまでは、ネットがなければ生きていけないように感じていた。だがここ一カ月、全くネットと遠ざかっていたのに、今の浩之は幸福だ。

ネットで知った名前だけの知人達は、今頃どうしているのだろう。彼等がどこかに生きていて、現実社会で生活している様子は想像することも出来ない。

彼等の存在感の薄さに比べて、一樹は実に生き生きとしている。しかも魅力的で、圧倒的な存在感を持っていた。

浩之は手を拡げる。それからゆっくりと握った。

生還したとき、この手の中に一樹の白衣があった。あれは冥界から現世への、命綱だったのだろうか。

荷物を手に、再び階下に戻った。一樹は暇そうに、食器棚の中を見たりしている。

「忘れ物あったら、いつでも連れてきてやるから」

一樹の言葉に頷きながら、浩之は階下の部屋を見まわした。

壁に目をやると、母との写真が並んでいた。その中には何枚か、父との写真もある。

そこにあるのは間宮秀明の歴史だ。六歳で父を心筋梗塞《しんきんこうそく》で亡くし、自らも十五歳で心臓疾患を発病した男の、二十六年間の歴史だった。

写真には、それぞれの年の姿が収められている。けれど写っているのは、いつも浩之と母だけだ。他の誰かの姿は一つもない。

母の愛。

美しい言葉に聞こえるが、実は恐ろしい呪縛だったことが思い出されて浩之は体を硬くした。

あんなに愛されたのに、母のための涙を流しただろうか。海にみんな零してきてしまったのか、今泣ければいいのにと思ったが、涙は湧いてこなかった。

「先生、もういいよ。行こう」

一樹は少し不思議そうな顔をして浩之を見ている。病院にいた時は、何度も一樹に涙を見せた浩之が、何の感慨もないような様子が意外だったのだろう。

いつものイタリアンレストランで、一樹は浩之と退院祝いの食事をした。

こういった場所に浩之を連れてこられたことが、一樹は何より嬉しかった。ありふれた日常の場に、ついに浩之を連れ出せたのだ。

二人は水で乾杯する。炭酸の入ったミネラルウォーターは、見事にシャンパンの代役を果たしてくれた。

シェフに頼んで、浩之には塩分を控えめに調理してもらった。それでもここ一カ月、病院の食事しかしていなかった浩之にとっては、特別おいしく感じられただろう。

高級なレストランで食事していても、浩之に浮いた感じはしない。むしろこんな店にいる方が、ずっと浩之に似合っていた。

そのまま家にすぐに帰らず、一樹は自分が好きな場所に浩之を誘った。

「いつかこの景色を見せたいと思ってたんだ。驚かせたいから、目、瞑って歩けよ」

車から降りた二人は、手を繋いで足場の悪い山道を歩き出す。

大学時代に偶然見つけた場所だ。特別な観光地でもなく、地元の人でさえほとんど訪れない。子供じみた考えかもしれないが、ここは一樹の秘密の場所だった。

「いいよ、目を開けて」

眼前には、無数の町の灯りが拡がっていた。

中天の月は、星が堕ちたような町をさらに白く輝かせる。

赤や緑、ピンクに黄色と様々な色に輝いているのは、どこかの店の看板だろう。定期的に赤から黄色、緑と変化しているのは信号機だ。白い光が縦に連なっているのはマンションか、または仕事中の人間を多数抱えているビルだ。

「綺麗だろ」

「うん……綺麗だ」

「あの小さな灯りの下に、今を生きてる人達がいる。一つの灯りに一つの命だとしても、あんなにたくさんの命があるんだ」

秋の夜の空気は澄んでいて、夜景はことの他美しく見えた。蛍《ほたる》よりも小さな光が流れているのは、車のライトだろう。エンジンの音はここまで聞こえてこないから、夜光虫《やこうちゅう》が飛んでいるかのようにも見える。

「あれは命の灯火《ともしび》なんだよ」

自分では命の灯火だと思っている街の灯りを、一樹は今夜、どうしても浩之に見せたかったのだ。

「あの灯を消さないために、俺は医者として頑張ってる。それでもいくつか消えてしまうけど、また新しい灯が生まれるんだ」

ちかちかと一つの灯りが消えた。ただ電気を消しただけだったのだろうが、二人には特別な意味を持っているように思えた。

二人は黙って、夜景を見守った。

空では星も負けじとばかりに輝いていたが、月の明るさに負けてどこか頼りない。

「死んだ人間の魂は、月の明かりになるのかな」

浩之が呟いた。

「あんなに輝いているのは、それだけ死んだ人間がいたってことだろ」

そこに母親の魂もあると浩之は思っただろうか。

「そうだな。満月になっていっぱいいいっぱいになったら、明日からは魂を地上に返すんだよ。そしてまた、新しい命が生まれてくるんだ」

一樹はそれとなく、明るい方向に話を向ける。

悲しいだけの死の話は、今夜はしたくなかったのだ。

「先生って、見かけよりずっとロマンチストだね」

「恥ずかしいこと平気で言うのを、ロマンチストって言うのか。知らなかった。どうせ似合わないって思ってるんだろ」

浩之の肩に手を置き、一樹は笑っていた。

男の方が、ある意味女性よりロマンチストだ。そうでもなければ、古代遺跡を捜すために一生を捧げたり、まだ飛行機が今のように性能のよくなかった時代に、大西洋を横断したりなどと考える偉人はいなかっただろう。

自分がどんなにロマンチストかは、一樹にもよく分かっている。こんな場所にわざわざ浩之を連れてきたのだって、二人の同居のスタートを、思い出深いものに演出するためだ。

二人は並んで月を見上げる。

いつか一樹の腕は浩之の肩を自然に抱いて、より自分の方に引き寄せていた。

何をしようとしているか、浩之にも伝わった筈だ。

浩之はほんの少しだけ、体を硬くした。けれどそれ以上の抵抗はなく、いつしか浩之の体も一樹に寄り添っていった。

美しい夜の風景の中、二人は初めて唇を重ねる。

あまりにも自然だったので、互いに相手が同性であることなど全く気にもしなかった。

優しいキスだ。

性行為をスタートさせるためのキスではない。純真な少年が、恋愛の頂点として夢見る

ようなキスだ。

もう大人なのに、そんなキスしか今は許されない。

それでも一樹は満足だった。

けれど唇が離れた途端、猛烈な羞恥心が襲ってきた。

好きだとか、恋してるとか、そんな言葉をこれまで一度も口にしていない。なのに思いばかりが溢《あふ》れてきて、感情のままにキスしてしまった。

そんな自分の幼稚さが恥ずかしい。

一樹は浩之の体から腕を離すと、笑いながら言った。

「殴っていいぞ」

「何で？　怒ってないよ」

「殴ってくれ。そうしないと……俺……」

浩之を本気で愛してしまいそうで怖かった。

好きという言葉だけでは、もうすまない。本気になってしまったら、優しい、いい人だけではいられなくなる。自分の愛情が、浩之を縛る枷《かせ》にならないかと、一樹は怯えた。

人を愛するのは、幸せなことばかりじゃない。時には苦しみも与えられる。愛し抜くには強さが必要だった。

求めて許されても、相手に同じ苦しみを分け与える結果になるのだ。

浩之は一樹を殴らなかった。代わりに一樹の体に抱きついてきただけだった。

そのまま二度目のキスになる。

今度のキスには、欲望の匂いが混じっていた。

「殴らないんなら……思い切って言う。会った時から、浩之が好きだった。特別な気持ちで好きだったんだ」

「……僕も、先生……一樹が好きだよ。きっと……海で助けられた瞬間から」

「よかった……。そうか、同じ思いでいたんだな。そうだよな。だから俺達、ここにこうしているんだもんな。これから仲良く暮らしていこう。病《や》める時も、健《すこ》やかなる時もだ」

「うん……」

「お互いに隠し事はなし。いいな」

「うん……」

そう言いながらも、一樹のほうが欲望を隠している。このまま家に連れ帰ったら、ついには欲望に負けてしまうだろうか。

「帰ろうか……」

もう少しいたいと浩之が言うかと思ったら、素直に頷き、一樹と手を繋いで歩き出す。

互いに言葉が出なくなったけれど、手を繋いで歩いているだけで幸せだった。

車のところに戻ると、一樹は誰もいないのをいいことに、また強く浩之を抱き寄せてキスをする。

今はキスだけでもいい。やっと許されたのだ。けれど溢れかえった愛が、ただ浩之を見つめているだけでは満足しなくなっている。

思わず浩之の舌まで貪《むさぼ》った。すると浩之はそれにしっかりと応えてくれた。

「俺は……こういう男だ。こんなことしなくていいって言いながら、本当はこんなことばかり考えてた」

「僕も同じだよ。だけど期待に応えられないんじゃないかって……怖いんだ」

「無理しなくていいよ。大切なのは、お互いを想う気持ちだけさ」

そこで浩之は小さく首を横に振る。

「大切だから、気持ちだけじゃ駄目なんだ。僕はもう大丈夫だよ。いつかきっと健康になって、一樹のすべてを満足させるから」

「んっ……約束しろ」

「……したよ……今、ここで……約束したから」

再びキスになってしまった。病院を出てから、互いの気持ちに歯止めが利《き》かなくなったようだ。

「まずいな。いつまでも夜風に当てておいたらいけないのに……帰れなくなりそうだ」

一樹の体は正直に、欲望の高まりを示している。こんなに激しく欲望を覚えたのは、久しぶりのことだった。

「帰ろう……このままじゃ、本当にまずい」

照れながら言う一樹に、浩之は潤《うる》んだ瞳を向ける。

「嬉しい……」

「そんなに俺の家に行くのが嬉しいか？」

「僕に対して、そういう気持ちになってくれたことが嬉しいんだよ」

もはや誰も二人を止められない。そのまま車の陰でキスしていたが、一樹の欲望はますます膨らみ、もう冷静に車を運転するのは難しいほどになっていた。

「一樹……」

浩之は愛しげにその名前を呼ぶと、一樹のチノパンのベルトに手を掛けてくる。その手は震えていたが、ただならぬ決意が込められていて、途中で行為を止めるようなことはなかった。

「こういうことだったら、いつでもしてあげられるよ……」

再びキスを誘いながら、浩之の冷たい手が一樹の熱いものを握りしめてきた。その大胆さに一樹は驚いた。もしかしたら病室でずっと天井を眺めて寝ている間に、浩之の中では何度もこんな妄想《もうそう》が浮かんでは消えていったのだろうか。

現実に許された途端に、浩之も爆発している。その体は、過度の興奮を控えなければいけないというのに。

「浩之……無理するな」

「僕なら大丈夫……してあげるだけだから」

痩せた浩之の体を抱くと、一樹は車に体を凭《もた》せかけて目を閉じた。

最初は怖々と一樹の性器を握りしめていた浩之の手は、いつしかなめらかに動き出す。

「いつか……こんなことしたいと思ってた」

「俺はもっと凄《すご》いこと考えてた。だけど……こんなのもいいな。いいよ……浩之、気持ちいい」

普通のセックスだって知っている。なのに未熟な者同士がするような、こんな穏やかで静かな疑似性行為が、いつもよりずっと一樹を興奮させていた。

浩之と知り合ってから、純子とは寝ていない。心が別のところにあるのに、肉体だけ楽しむのは申し訳ないという気持ちが先に立って、そういった関係に戻れなかったと今なら分かる。

あの時に感じた肉体の悦びとは、明らかに違う。射精という行為が最終地点だけれど、それ以上の何か、どう言葉にしようもない、心の中から溢れ出すものを処理する行為のように思えていた。

浩之の手を、一樹は上から握った。そして自分の手と、浩之の手で射精を急ぐ。

快感に酔いしれた、愚か者の顔を月は照らす。柔らかな光で、一樹は顔を撫で回されているような気がした。

ふっと目を開くと、浩之が性器に添えているのとは反対の手で、一樹の顔をなぞっていた。

「夢が……一つ叶った」

浩之の声を聞きながら、一樹は静かに射精を終えた。

「米を洗剤で洗ったりするなよ。いいか、こうやって研《と》ぐの」

自宅のキッチンで、一樹は浩之に第一回目の生活指導を開始した。

浩之はじっと一樹の手元を見ている。

「俺だって、毎日、家に帰れない。宿直あるし、重篤《じゅうとく》な入院患者を抱えることもあるんだから」

「……んっ……」

「そういう時は、自分で飯作れ。いいな」

「……ん……」

「そこに軽量スプーンあるから。塩分表示があるだろ。しっかり覚えろ」

軽量スプーンを手にして、浩之はじっと眺めた。

「自分で料理するなんて、初めてだ」

「包丁は出来るだけ使わないメニューにしろ。暇な時に、キャベツとかで練習しておくといいな。練習キャベツは、茹でて食べりゃいい」

「何だか……すごいな。わくわくするね」

「わくわくするのも最初だけ。そのうちあきあきするから」

一樹は浩之の手を握り、研いでいる途中の米の中に入れた。

「うわぁ、海の砂の中に、手を突っ込んだ感じがする」

「んーっ、まぁ、そんな感じだな？」

浩之を自分と同じ歳の男だとは思わない方がいい。社会経験もなければ、日常生活での経験も少ないのだ。

父親にでもなったつもりで、一樹は浩之を育てていくしかなかった。

「水が白くなったら替える」

「米まで出ちゃうよ」

「そっとだよ、そっと。こらっ、そんな勢いよくやったら米まで全部出るって」

米を研ぐことだけでも、こんなに大騒ぎだ。これから様々なことを教えていくことになるだろうが、それすら一樹は楽しい。

浩之も同じだろう。

「万が一、発作が起こると危ないから、ガスは止めて電気調理器にした。使い方のマニュアル、しっかり覚えろよ。火傷《やけど》に気をつけること」

真新しい電気調理器を一樹は示した。

「普通に生きるのって、大変なんだな」

浩之は正直な感想を口にした。

これまでは何もかも母親がやってくれていた。怪我や火傷をするようなことは、一切やらせなかっただろう。

それが浩之を本当に守ることではないと、彼女は気がつかないままだったのだ。

「大変だけど、みんなやってる。生きるって、難しそうに見えて、実はこんな単純な日常行為の繰り返しなんだよ」

水の中で浩之の手を触りながら、一樹は呟く。

「だけど愛しいだろ？」

「愛しい……」

「ささやかな幸せってやつさ。病気を治して、ささやかな幸せの現場に戻れるようにするのが、俺の仕事」

病は人々から日常を奪う。当たり前になっていた生活が、病を契機に崩れていってしまうのだ。そうなった人達を数多く見てきた一樹は、ささやかな幸福に感謝する。

「浩之……大きな夢は見なくていい。小さな夢から実現していけ。そのうちに生き甲斐だって見つかるから」

外ではゴロが、ワンワンと吠えている。どうやらご主人様が楽しそうにしているのに、自分だけ仲間はずれなのが気に入らないらしい。

「犬って飼ったことないんだ。どうして家に入れてやらないの？」

声に気がついた浩之は、心配そうに窓の外を見る。

「ほっとけ。甘やかさなくていいって。あいつは番犬なんだから、外にいるのが仕事」

「家に入れたら駄目かな。これからは昼間、僕がいるんだし、体洗って綺麗にするよ」

浩之は必死だ。こうなると一樹が折れるしかなくなってくる。

「分かった。ただしベッドルームには入れるな。キッチンも禁止。それと……ゴロとのキスも禁止だ」

一樹は軽く浩之の頬にキスした。

「うっわーっ。こういう場所ですることじゃないな。何か、むっちゃ恥ずかしくなってきた」

慌てて手を放した一樹を、浩之は微笑みながら見つめていた。

「ねぇ、これからどうするの？」

「炊飯器にセットして、スイッチオン、それだけ。これは明日の朝用だから、予約タイマーをセットする。七時に食べられるようにしておくんだ」

「へぇーっ、そんなことも出来るんだ」

「……そうだな。知らないんだよな」

一樹は次に、煮干しを袋から取りだしてみせた。

「頭取るらしいけど、面倒だからしない。いいか、これも寝る前に、昆布一切れと水につけておく。味噌汁の出汁《だし》だ。出汁取った後の煮干しはゴロにやる。あいつ煮干しが好きなんだ」

「凄いな、そんなこともやるんだ」

「浩之のお母さんもやってたさ。化学調味料は出来るだけ使いたくないから」

母親の話をしても、浩之は決して表情を変えない。それはきっと浩之の中で、まだ母親との問題が解決していない証拠だった。

葬儀は結局行っていない。火葬をして、遺骨は浩之の家の菩提寺《ぼだいじ》に預けたままだ。遺産相続の手続きは済んだし、母親の生命保険の受理手続きも済んだ。けれど肝心の強盗殺人犯が逮捕されていない。

だから泣けないのかもしれないと、一樹は思っていた。

「さて、これで明日の準備はおしまい。風呂に入って……寝る」

「一日が早いな。いつもと違う」

浩之の言葉に、一樹は頷く。

「入院してると、一日が長く感じられるもんだよ。これからは毎日忙しいぞ。洗濯して、掃除して、勉強して、そして俺の相手をするんだから、一日なんてあっという間さ」

さっとキッチンのシンク周りを布巾《ふきん》で拭いて、一樹は出ていこうとしたが、そこでもしやと思って立ち止まった。

「いいか、食器用洗剤と、漂白剤を間違えるな。やりそうだ」

「大丈夫だよ。今日から家事のプロ目指すから」

「よし……ネットでカリスマ主婦のブログでも読むといい。参考になるか分からないけど」

バスルームに浩之を追い立てながら、一樹はふと純子に対して、今さら申し訳ない気分になっていた。

こんな生活を一樹としたいと、純子も望んでいたのではないだろうか。だから実家近くのスキー場に誘ったのだ。もし浩之と出会わなかったら、今でも関係はそのままで、いずれは結婚していただろう。

ちゃんと謝ることもしていない。許されたいとまでは願わないが、せめて謝ることはすべきだと思った。

月が中天に差し掛かる。

電気を消しても、部屋の中はほの明るい。

すでに横になっている浩之の横に、一樹はそっと身を横たえた。

「携帯、いつも使えるようにしとけよ」

「うん……」

「寝ていて苦しくなったら、いつでも叩き起こしていいから」

「……ん……」

「俺の寝相が悪かったら、蹴り落としていいよ」

「……」

二人は背中を向けて、眠りに入ろうとする。けれどどちらも目はしっかりと見開いていた。

「生きたり……死んだり……生きたり……死んだり」

窓から覗く月を見ながら、浩之はぼそっと呟く。

常に輝いている太陽は、人に生きる力を与えてくれるが、様々に姿を変える月は、人に生きることの無常を教える。

一樹と過ごす至福の時もいつか終わるんだと、浩之は切なさに泣きたくなっていた。

母の死にも流せなかった涙を、こんな時には流したくなるなんて、何と自分勝手なんだと思いながらも、浩之はささやかな幸福に酔い、それを失うことに初めて怯えた。

背中に一樹のほのかな熱を感じる。体の向きを変えれば、広い背中があるだろう。そこに身を寄せれば、こんな不安はたちどころに消えてしまうのかもしれない。

月を見ていると不安になる。

死んだ人の魂で輝いているとしたら、月の明かりの中には母の魂もあるのだ。

おいでと誘われているような気がする。

ささやかな幸せなんて、求めてはいけない。なぜならおまえが愛した男には、輝かしい未来だってあるんだよ。おまえは彼のささやかな幸せさえ、奪ってしまうんじゃないか。

恐ろしい母の呪いの声が聞こえてきそうで、浩之は慌てて体の向きを変えた。

背中を向けていた筈なのに、一樹は上を向いていた。両手を頭の上に組み、天井を見上げている。

浩之は思わず、そんな一樹のパジャマを握りしめてしまった。

「どうした？　苦しいのか？」

「……ううん……月が怖い」

一樹は視線を窓に向けた。

「カーテン、引こうか?」

「いいよ。見なければいいだけだから」

「そっか。だったら、俺の顔でも見てろ」

言われたとおりに、浩之はじっと一樹の顔を見つめた。

「同じベッドで寝てるのに、俺……医者じゃなかったら、浩之を襲えたかな」

「……」

「ごめんな。俺、浩之のこと、今でも抱きたいと思ってるんだ……。浩之の体のこと思うと、無理させたくないのに、どうかしてるよな」

「……いいよ……先生なら、何してもいいんだ」

「何してもいいって、それは違うだろ……俺は、浩之を支配するために、ここに連れてきたんじゃない。一緒に生きるために連れてきたんだ。浩之は俺に対して、拒否したり怒ったりする権利がある」

健康な性欲を持つ一樹が、浩之と共にいることで苦しむなんて想像もしていなかった。生身の人間と接する機会の少なかった浩之には、男の性欲がそれほど重要な問題だとの実感がない。

なのにどうして一樹に向かって、先生と暮らしたいなどと言えたのだろう。

まるで幼い少女のようだ。

王子様とお姫様は結ばれて幸せになりました。その一文だけを読んで、分かったような気がしていた。

だが結ばれた二人のその後には、性行為といういたって人間的なものが付きまとう。

一樹はその意味も分かっていて、浩之を受け入れた。あらかじめセックスも出来ない体なんだと浩之が言ったのにも拘《かか》わらず、こうして引き取って共に歩む道を選んでくれたのだ。

浩之は改めて事の重大さに気がついた。

怖々《こわごわ》と振り返って月を見る。

笑った女の顔のように見える月は、そのまま母に重なる。

ほうらね。何度も言ったでしょう。私だけを愛していればいいのよ。

そんな母の声が、聞こえてきそうだった。

「ベッド、もう一つ、いるかな……」

一樹の切なげな声に、浩之は悲しみを深くした。

その気配に気がついただろうか。一樹は腕を広げた。

「今のはなし。聞かなかったことにして。どうかしてんだ、俺……」

月光に照らされた一樹の顔は笑っている。

「嫌じゃなかったら、もう少し側に寄ってくれないか」

浩之は一樹の腕の中に、頭を預けた。

一樹は素早く、浩之の額にキスをする。

「ねぇ、もっとあるよ、優しいセックス。手だけじゃ、満足しないんなら……」

他の方法をよく知らない。性的なことに興味を持つことは、母に強く禁じられていた。セックスが命を縮めると、母は本気で信じていたからだ。

たまに自分で自分を慰めるだけしか知らなかった浩之は、ここに来て焦りを感じた。

一樹をもっと喜ばせたい。そうしないと一樹に、いつか見捨てられてしまいそうな気がする。

「待ってろ」

何を思ったのか、一樹はベッドを抜け出した。そしてバスルームに向かうと、しばらくして戻ってきた。

手には白いプラスチック容器を持っている。

「何それ?」

「いいから、じっとしてろ」

一樹は浩之の体の向きを変えると、パジャマのズボンを脱がしにかかった。そして太股の間に、ぬるっとしたものを塗りつけ始める。

「何……それ」

「ワセリン……滑りをよくする。足、しっかり閉じて」

そのままパジャマの上も脱がされた。やはり一樹は、ちゃんとしたセックスしたいんだと思って、浩之は覚悟を決めた。けれどこれからどうされるのか、よく分からない。

「安心しろ。安全な方法でやるから」

一樹もパジャマ代わりのTシャツを脱ぎ、トランクスも脱ぎ捨てて全裸になった。そして浩之の背後から、ぴたりと体を寄り添わせる。

「俺だけが満足するセックスだ。浩之も……いきたくなったら、いつでもいかせてやる。いろいろ試していくうちに、自然にこんなことも上手くやれるようになるさ」

しっかりと浩之を背後から抱き締めると、一樹は閉じた足の間に、熱くなったものを差し入れてきた。そして自ら腰を動かし始める。

浩之の体をどこも傷つけない、穏やかな疑似セックス。けれど一樹がそれで楽しめているのは、差し込まれているものの堅さで分かる。

「どう？　辛くないだろ」

「んっ……んん」

本当は少し困っている。微妙な部分に当たって、浩之も興奮しそうだったからだ。

浩之は体に回された一樹の手を握りながら、高野に言われたことを思い出す。手術をすれば、もっと楽になると言われた。以前は心臓移植しかなかったが、今は事情が変わっていた。伸びきった自分の心臓を、縫い縮めるという方法が開発されていた。手術の成功率は高まり、存命率も伸びているのだ。

怯えることなく、一樹に抱かれてみたい。そんな気持ちが生まれ始めていた。

はっはっと荒い息が、一樹の口から漏れている。それが浩之の項に当たった。何とか応えてあげたくて、浩之はきつく太股《ふともも》を閉じ続ける。

「ああ……いい感じだ。これで十分だよ……」

一樹の顔が近づいてきて、浩之の項を甘く噛んだ。動きはますます早くなり、やがて足の間に生ぬるいものが広がっていくのを感じたと同時に、一樹は静かになった。

「今、綺麗にしてやるからな」

そっと体が離れたと思ったら、ぬるぬるになっていた部分がウェットティッシュで拭わ

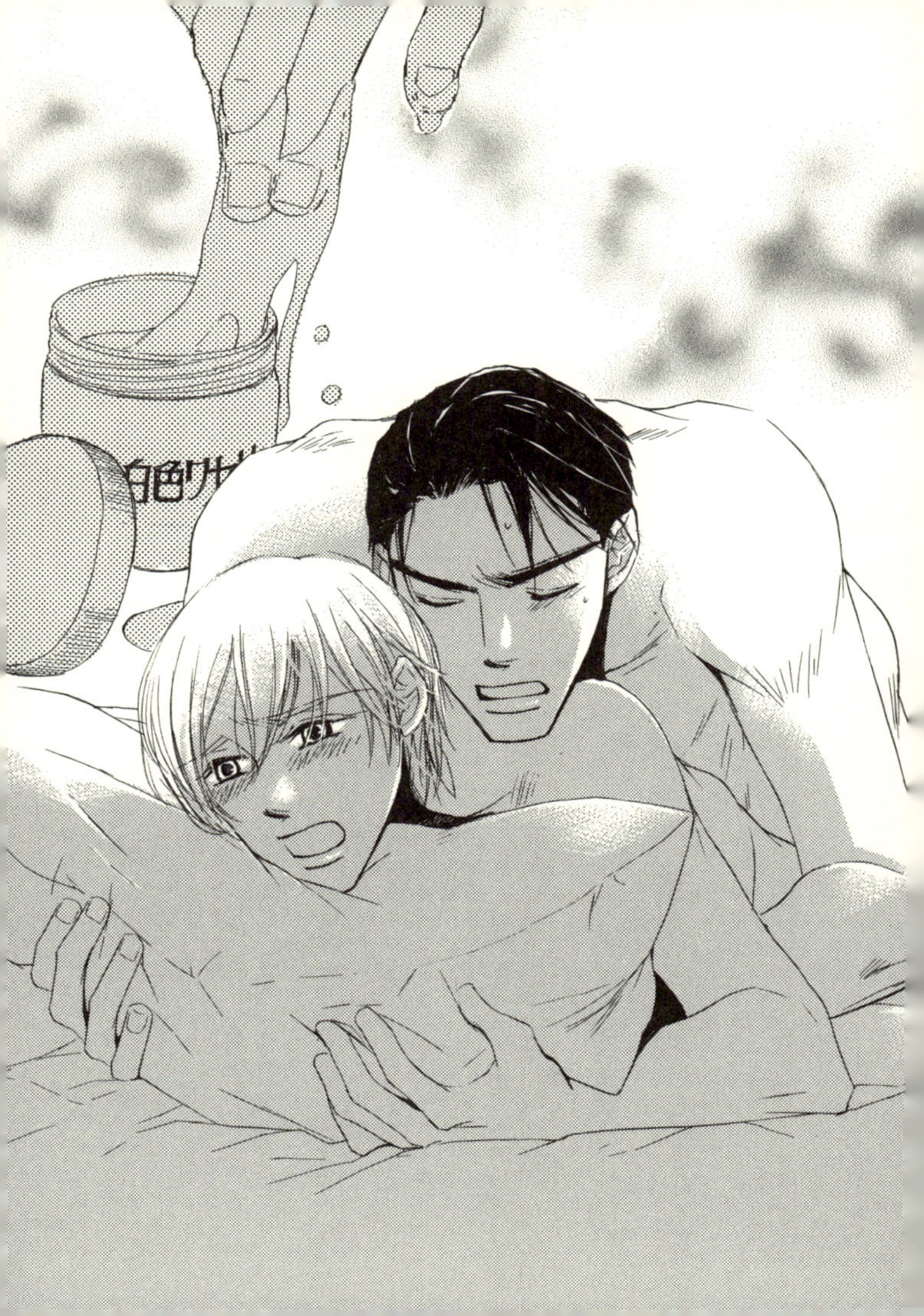
白色ワセ

れるのが感じられた。

「一日に二つも、やり方が分かったじゃないか。凄いな」

一樹は笑いながら、浩之を自分のほうに向かせてキスしてくる。

「何も問題ない。浩之もしたくなったら、いつでも優しい方法でいかせてやる。俺に変な遠慮するな」

そのまま浩之を抱いて、一樹は目を閉じた。やがて静かな寝息が聞こえてくる。

ゆっくりと胸が上下している。健康な男の安らかな眠りを目の前にした浩之は、初めて一樹に対して僅かな嫉妬を感じた。

眠るのはいつだって一番怖い。

明日の朝、目が覚めないかもしれないという恐怖と戦わないといけないからだ。

「負けるもんか……」

窓の端に、半分だけ姿を見せている月に向かって、浩之は呟く。

高野の言葉をまた反芻《はんすう》しながら、浩之は眠らずに一樹の寝息を聞き続けていた。

月は様々に姿を変える。やせ細った月は、死んだ人間の魂で膨れあがり、やがてはそれを新たな命に還《かえ》して、また徐々に欠けていく。

二人の間に、静かに時は流れていった。

季節はすっかり冬になり、最初の木枯らしが、風景に色を添えていた落葉樹の葉を舞い散らせてしまうと、風景はどこか侘びしげになり、朝晩の空気は澄み切ってすっかり冷たくなっていた。

病院では、そろそろ風邪の患者が増えてくる。その日一樹は、今年何回目かになるインフルエンザの予防接種を行っていた。

「はい、予防接種の予診票、こちらにお願いします。体調はいかがですか」

「先生、インフルエンザの予防接種したって、外れること多いんでしょ。痛い思いして注射して、結局罹《かか》ったら、何にもなんないわ」

腕を差し出しながら、中年女性が文句を言っている。

「宝くじより確率高いから、安心していいですよ」

冗談を返しながら、一樹は手早く注射をしていった。

それが終わり、医局に戻ろうとした一樹は、廊下で久しぶりに純子の姿を見た。

病院内ではお互いに忙しいから、滅多に立ち話をすることもない。浩之のことがあってからすっかり離れてしまったが、何だか懐かしい気がして一樹は純子の側に寄っていった。

「今年もインフルエンザ、流行《はや》りそうだな。小児科も大変だろ」

「そうね。今日は予防接種当番？」

「ああ、朝から注射ばっかりだ」

かつては体を重ねた相手だ。なのにこうして並んで話していても、同僚の医師に対するのと同じ感慨しか今はない。

あれから一度も、純子を誘わなかった。純子の方も、あえてその理由を尋ねようとはしなかった。結局謝ることもしないままだったというのに、何ら非難めいたことは純子の口から聞いていない。一樹は今頃になって、純子の潔《いさぎよ》さに感謝していた。

「彼……元気……」

純子は自然な感じで口にする。けれど微かに動揺が感じられた。

「あまりよくないね。何年も薬飲んでなかったからかな。進行が止められないんだ。見守るだけってのも、辛いものがあるね。やっぱり手術かな」

つい純子に話しかけてしまったのは、誰にも言えない複雑な心情を、聞いて欲しかったせいかもしれない。

自分勝手な男だと分かっている。年上とはいえ、女性に甘えてしまう自分が情けなくもあった。

けれど一樹の苦しみを聞いてくれ、ぐだぐだ泣き言を言ってるんじゃないと叱ってくれるのは純子しか思い当たらない。

「いずれは移植かもしれない。だけどドナーが見つかるかな。それより高野先生はバチスタ手術を薦めてくれてる」

「そんなに悪いの」

「悪いんじゃない。よくないってだけさ」

一樹は力なく笑う。

「こうなるかもしれないって、分かってたのよね」

遠慮なくものを言う純子は、一樹の聞きたくない言葉をずばっと口にしてくれた。

「分かってたよ」

「だったら、ここであなたが落ち込んでどうするのよ」

「やっぱり純子先生は強いな」

「私はロマンチストじゃないもの」

残酷な言葉に、一樹は頷くしかない。

浩之にささやかな幸せを教えたかった。それはうまくいったと思う。毎日、受験勉強と僅かの家事しかすることもないが、浩之が興味を持つようなことは何でも好きにやらせていた。

結局、ベッドは買わなかった。

毎晩、浩之をこの腕に抱いて眠っている。うまく性欲を処理すれば、浩之の体を余計に傷つける心配はない。腕の中で眠る浩之の寝顔を見たり、優しいキスを交わすことでも、心は十分に満たされていた。

だが満たされれば満たされるほど、不安もまた大きくなる。

「失うのが恐かったら、最初から恋愛なんてしない方がいいのよ」

「よせよ。そんな考え方するやつが増えるから、少子化が進むんだ」

「今の大人って、みんな脆弱《ぜいじゃく》よ。弱くって、我が儘《わがまま》で、すぐに傷ついて」

辛辣《しんらつ》な言葉を口にしながら、純子もやはり寂しそうだ。

「あなたもそうだって言いたいの？　違うでしょ。あなたは強い男なのよね。だから彼を受け止めたんでしょ」

「……」

「逃げないわよね。最後まで諦めないんでしょ」

「諦めないさ。諦めたくない」

初めて弱気を漏らした。

決して誰にも、言わないつもりだった。

なのに純子に甘えている。そんな自分が心底情けない。

「相沢君」

もう決して一樹とは呼ばないつもりなのか、純子ははっきりと名字を呼んだ。一樹は俯きかけていた顔を上げて、そんな純子を見つめる。

「女の強さは先天的なもの。男の強さは後天的なものよ」

「そうかな」

「もっと強くなりなさいよ。泣きたくても、胸なんか貸さないわ」

一樹は笑った。いかにも純子らしい言葉だったからだ。

「医者のくせに、手術が怖いんでしょ。私に手術させなさいって、言って欲しいの？」

「……すまない」

「謝るのは何に対して？　もし手術が失敗して、彼を失っても、私はあなたなんか引き取らないわ。だから謝っても無駄よ。じゃあ、あなたが一番言って欲しいことを言ってあげる。手術させなさい」

純子はそのまま、何事もなかったかのように一樹の側を離れていく。胸を反《そ》らし、背中は真っ直ぐに、堂々と歩き去った。

「女の強さは先天的。男の強さは……後天的。さすが」

言われた意味はよく分かる。

一樹も同じように胸を反らした。

すると白衣を着た胸が、ばんっと勢いよく前に出る。弱気がすべて、それだけの行為で吹き飛んだような気がした。

手術を受けさせよう。その後のことは、今は考えたくない。

高野を信頼して、すべて任せるしかなかった。

家に明かりが灯っている。それは何と心休まる光景なのだろう。

今日も浩之は、何事もなく一樹の帰りを待っている。そう思わせてくれるのは、家の明かりだった。

「ただいま」

玄関を入ると同時に、一樹はそのままバスルームに直行する。着ていた服をすべて脱ぎ、洗濯機に放り込んだ。こうして室内に、雑菌やインフルエンザの菌を持ち込まないように努力しているのだ。

「お帰り」

「待てーっ、まだ近づくな」

病院を出る時に、しっかり手を洗いうがいもしている。そんな神経質になることもないが、これは一樹の儀式だった。

シャワーを浴びて、髪を洗う。手術に立ち会うような慎重さで、御禊《みそぎ》をまず済ませた。身綺麗になって、やっと部屋に入る。

「料理のスキル上がったよね、僕も。天才だよ」

浩之は嬉しそうに言いながら、鍋をダイニングテーブルに置いた。その合間に軽く咳き込んでいる。どんなに予防していても、やはり浩之は雑菌に弱い。買い物に出た先でうつったのかもしれないが、ここのところ風邪気味だった。

「あーあ、冬になると毎年、インフルエンザだ」

うんざりした調子で言いながら、一樹は綺麗に調理された鍋の具を見つめる。

「ほんとだ。スキルアップだな」

人参《にんじん》は花形に切られ、白菜もうまく丸めてある。葱《ねぎ》の切り口も鮮やかだった。

「料理って面白いよ。ばらばらなものが、パズルみたいにばしっと、こう、はまる感じが面白いんだ」

「パズル鍋の中身、何？」

「鳥のつくねと、魚。たれ、こっち一樹用」

浩之は本当に楽しそうだ。そんな笑顔を見ていると、少しでも弱気になりかけていた自分が恥ずかしくなる。

後悔のないように生きてくれればいいと願った。浩之は一樹の願い通り、毎日を楽しんで生きている。

問題はもう浩之ではない。

遺されてしまうかもしれない、一樹自身だ。

「勉強してるか」

「うん。あれ、パズル作家って、面白そうだと思わない。やってみようかな」

「何やるの?」

「クロスワードとか、漢字パズル作るんだ」

帰ってくると、浩之はいつもこうして間断《かんだん》なく話し続ける。一人でいた時間の寂しさを、一気に埋めようとしているかのようだ。

本当はもっと一緒にいてあげたい。だが一樹には仕事がある。その一生を、浩之のために費やした母親のようにはいかなかった。

「食べ物限定とか、動物限定とかあるんだけどさ。あまりないのを作りたい」

「病名ってのは、どう? ギョウチュウ…ウツビョウ…ウオノメ…メマイ」

「一樹、食事中なのに」

「イカイヨウ、あっ、またウだ」

「しりとりしたいの」

「するか? けど、いつも負けるの俺だからな」

毎日を勉学に費やしている浩之には敵《かな》わない。だが一樹が負けることが、浩之の自信に繋がってもいくのだ。

食事中、浩之は軽くむせた。やはり咳が出るようだ。

「風邪引いた？」

「ん…みたいだ」

「入院するか」

「そこまでしなくていいよ」

一樹は手を止めて、じっと浩之を見つめる。こうしている間にも、浩之の心臓は日々薄くなっていく。膨らんだ風船が、元に戻れず萎《しぼ》んだような状態になっていくのだ。

薬で進行が抑えられない場合、高野は心臓を小さく縫い縮める手術を検討していた。または心臓移植だが、それは最後の手段だった。

不安そうな顔を見せてはいけない。

一樹が少しでも不安を見せたら、浩之に伝染する。

強くなりたい。不安など何もないんだと、浩之も自分自身も信じさせたかった。

食事が済むと、片付けは一樹がやった。風邪気味の浩之を早く休ませたかったのだ。

無理をするなと言っても、浩之はつい貪欲にいろいろとやりすぎる。今夜の料理だってそうだ。手を抜く方法はいくらでもあるのに、浩之自身が完璧を目指してついやり過ぎてしまう。

電気をすべて消した。けれどエアコンは消さない。深夜に起きた時、急激な寒さは心臓に負担をかけるからだ。

横になっていても、浩之はまだ眠るどころではない。息苦しそうだった。

「苦しいか…どれ、胸出して」

一樹は聴診器を手に、浩之のパジャマの胸をはだけようとした。

「いいよ、来週、検査だし。家にいる時くらいは、医者だってこと忘れて、ゆっくりすればいいんだ」

「どこにいても、俺は医者だよ」

「お願いだ。ここで患者扱いしないでよ」

「わかった……」

何か釈然としないまま、一樹はいつものようにベッドに横たわった。

かたかたと窓が鳴っている。どうやら風が出てきたようだ。窓を見ると、それまで空にかかっていた雲が風に飛ばされて、冴《さ》え冴《ざ》えとした月が顔を覗かせていた。

まだ満月には満たないが、半月よりは少し丸い。今夜の月はあまりに鮮やかで、まるで鋭利なメスのように見える。

「苦しいか。上体、少し起こした方がいい」

医者の顔になるなと言われても、つい気になってしまう。

浩之は一樹の方を向くと、いきなり抱きついてきた。

「何だよ……甘えたい気分？」

「……じっと……してて」

「……」

二人の体をおおった掛け布団の中で、何が行われようとしているかは、すぐに分かった。

浩之の手が、一樹のパジャマの中に入って来たのだ。そしてそのまま浩之の顔が、その部分に近づいてきた。

「どうしたんだよ。そんなこと……しなくていい」

「したいんだ。ずっとしたかったんだよ」

「こらっ、やめろって」

本気で拒むつもりはなかったので、そのまま好きにさせていた。すると許されたと思ったのか、浩之の舌は、優しく一樹のものを嬲り始めた。飢えた獣《けもの》のように、浩之は一樹のものを口中にしっかり飲み込む。

こんな激しさが、浩之にもあったことが信じられない。

同じように浩之のものにも触れたかったが、やはり恐くて一樹は手を出せないままだ。

「好きだよ……一樹……大好きだ」

唇が離れた途端に、甘い告白を情熱が吐かせる。

「んっ……んん」

一樹の口から漏れる吐息は、情欲が吐かせた。

再び始まった浩之の口の動きが速くなる。やはり同性だと、こんな時は強く感じた。男の体のリズムを、よく知っている動きだったからだ。

「んっ……もういい、よせ……って」

今にもいってしまいそうだ。こんなことを一度させたら、これからは望むままに浩之はしてくれるようになるだろう。

けれど体に負担にならないかと、やはり怯えないといけない。

「んっ、そのまま、いかせるつもりか……」

そうだと言うように、浩之の口は一樹のものを強く吸い続ける。

我慢できずに、ついに一樹は浩之の口の中で果てた。

ささやかな幸福。

まさにそれだ。

こんな行為が積み重なって、二人を幸福へ導く。

荒い息が収まると、一樹は笑い出した。浩之も同じように笑っている。

笑いながらも、浩之は咳き込む。その背中を、一樹は優しくさすった。

「ありがとう、浩之。嬉しかったよ」

「……」

浩之は何も言わない。

黙って一樹の腕の中で、苦しげな息をしていた。

「なぁ……手術しないか。バチスタ手術より最新の左室《さしつ》縮小術を、高野先生は推奨してる。うまくすれば、今、日本の最先端でやってるチームに、施術《せじゅつ》して貰えるかもしれない」

「リスクが高いよ……」

浩之は一樹の視線から逃れるように、視線を外そうとした。

「そうかな。だけどこのままじゃ、いずれ移植になるんだぞ」

「だけどもう何年かは、こうして生きていられる」

浩之の顎を捉えて、自分のほうに向かせながら、一樹は力強く言い切った。

「もっと自由に生きられるかもしれない。逃げるな、浩之」

「手術で死ぬより、自然と死にたい」

「そうか、じゃあ、それは俺を愛していないってことだな」

何て残酷な言葉だろう。

けれど時々一樹は、残酷にもなれるのだ。

「少しでも長く生きようと努力しないのは、俺が一人残っても、浩之に悔いはないってことなんだな」

「……」

「性欲もなくなって、二人ともいいジジィになって、それでもここで一緒に浩之と暮らしていきたい。俺は、そう思ってるんだよ。浩之は、他の患者より恵まれている。手術を受けるのに十分な資産があるし、身内に迷惑をかけることもない」

残酷な言葉が止まらない。けれどこうやって思ったままを伝えなかったら、一樹は後悔するだろう。

「酷いこと言うが……まだ手術例が少ない。後に続く人達のためにも、存命最長患者になってみせようと思ってくれないか」

「一樹……」

「愛してるんだ……。これをきっと愛って言うんだろ……違うのか？」

浩之は答えない。ただ涙を浮かべるばかりだった。

その時、一樹の携帯が鳴り出した。

夜中に電話が鳴ったら、必ず出ないといけない。そう教わった。

なぜなら一樹が勤務するような大きな病院で、勤務時間外の医師を呼び出さないといけないのは、余程《よほど》のことがあったからだ。

電話は鳴り止まない。抱いていた浩之の体をそっとどけながら、一樹は電話を取った。

「はい…」

『寝る前に、酒、飲んだ?』

高野の声だ。

「いいえ…」

『来られるか?』

「今からですか…」

『夕方から行方不明だった子供が、今、池から引き揚げられた。仮死状態になってる』

外は風が吹いている。気温はかなり下がっているだろう。こんな時間まで、小さな体で水に浸かっていたら、かなり危険だ。

『宿直の研修医だけじゃ頼りない。相沢、俺を助けろ』

「今すぐ、行きます」

命の灯火が消えかかっている。それをまた灯すために、この温かいベッドを抜け出して、寒風が吹く夜に、またもや病院に出かけないといけない。

浩之は不安そうに、じっと一樹を見つめていた。

「子供が池に落ちたって。助けあげたけど、仮死状態なんだ。今から、病院に行ってくる」

急いで着替えながら、浩之に事情を説明した。

「浩之も苦しそうだな。一緒に行くか？」

呼吸が荒いのが気になる。

「平気だよ。それより……子供……助けないと」

「ああ……そうだな。行ってくるよ。携帯……」

一樹は浩之の携帯を確認した。

「時間かかりそうだ。何かあったら、遠慮しないで電話しろ。俺が出られなくても、誰かを迎えに寄越《よこ》すから」

浩之の手元に、一樹は携帯を置いた。

「愛してるよ……愛してるんだ」

軽くチュッとキスをする。

「ついに言っちまったな」

一樹はそのまま寝室を飛び出した。
車に乗って、エンジンをかける。スタートさせる直前、電気の消えた家を振り返った。
なぜか今夜は、出かけるのが嫌だった。高野に電話して、行けそうもないと訴えるか、
または浩之を無理にでも連れていきたかった。
危惧《きぐ》だと思いたい。
心配し過ぎるのは、浩之の母親と同じことになってしまう。
「あいつも大人だ。いざとなったら、自分のことくらい何とかするさ」
そうとでも思わなければ、浩之を置いて出かける決心がつかなかった。
一樹は空を見上げた。
流れる雲は、時折月を視界から隠す。
「生きたり……死んだり……生きたり……死んだりか……」
思い切ってアクセルを踏んだ。
子供を助けることが、医師として最優先すべきことだった。

浩之はベッドで、枕を背中に押し当てて起きあがっていた。咳き込む度《たび》に、胸の苦しさが増してくる。

一樹と一緒に病院に行けば、ただちに処置が施されただろう。分かっていたのに、あえて浩之は行かなかった。

窓から月を眺める。

足りないでしょう。端《はし》が少し欠けているのを、あなたの魂で満月になさいよと、母に言われているような気がした。

「生きたり……死んだり……」

浩之は視線を自分の手に転じる。

ここで一樹の命を感じた。力強く、熱をもつもの。あれはまさに男の命そのものだ。

浩之の手をいつも汚している生暖かい液体は、命を創造する元なのだ。

以前、一樹が純子と付き合っていたのはそれとなく知った。もし自分が彼等の前に、こんな形で登場しなかったら、あるいは温もりを持った一滴《ひとしずく》の液体は、新たな命を生み出す元として使われたかもしれない。

「一樹は……いつも残酷だ」

浩之の頬を涙がすーっと伝い落ちる。

「優しすぎるよ……」

激しい胸の痛みが浩之を襲う。続けて咳が出た。そうなるともう息が出来ない。常備されている呼吸器に手を伸ばそうとした浩之は、それを取らずに、脱ぎ捨てられた一樹のパジャマを握りしめていた。

もういいだろうと、誰かが耳元で囁いた気がした。

それは母の声でもなく、死に神の声でもない。

紛《まご》うことない自分の声だった。

本当はあの海で、間宮秀明は死んでいたんだ。ここにいるのは可哀相な魂が作り上げた浩之という幻で、これ以上、現世に留まる意味などない。

そう、囁く声がする。

ささやかな幸せの意味が分かったから、もういいじゃないか。

一樹に愛された。それ以上、何が望みだ。

さらに囁く声が、浩之を追いつめる。

ぎゅっと一樹のパジャマを握った。そうすると安心出来る。今も安心感が湧いてきて、僅かだが呼吸が回復した。

浩之は握りしめていたパジャマを放して携帯電話を取ったが、一度開いてまた閉じた。携帯電話に唇を押し当てる。この小さな機械は、一樹に繋がっているのだ。そう思うと何だか愛しい。

「はーっ、はーっ」

またもや咳が出そうになる。

月はそんな浩之を、ただ見下ろしているばかりだ。

「連れて行きたいんだろ……」

半月よりは少し丸い月に向かって、浩之は苦しげに呟く。

一樹と過ごした数カ月の思い出が、浩之の脳裏に浮かんでは消えていく。

失う可能性もあるのに、一樹は浩之を愛した。一度も浩之を責めることもなく、愚痴も言わなかった。

何と潔い愛し方だろう。

そんな潔い男を、今こそ自由にしてやるべきなのだと思えてくる。

浩之は再び一樹のパジャマを握りしめた。

その時、ゴロが激しく吠え出した。寒いからと玄関まで入れているが、それ以上は入れないように仕切りをしてある。

なのにゴロは、何かを感じたのだ。

せっかく助けたのにと、抗議しているのだろうか。それとも霊的なものが見えるという犬には、浩之を連れていこうとする母の影が見えたのか。

浩之は再び携帯電話を開いた。そして救急センターの番号を咄嗟に押していた。

『はい、救急救命センターです。事故ですか?』

「いえ、拡張型心筋症です……すぐに病院へ……住所は……」

話しながら浩之は、月が怒っているように感じた。

いいさ、好きなだけ怒るといい。これから手術を受けて、もっと長く生きてやる。もうおまえの好きにはさせないと思った途端に、奇跡的に心臓はまた穏やかに動き出し、浩之を自由にしてくれた。

小さな体に、幾つもの管が挿入されている。

「ＰＣＰＳ…どうだ。有効か」

高野は一樹に確認を取った。

心肺停止状態の子供の体に、機械による人工的な呼吸と心臓の拍動が与えられていた。温めた輸液が体内に注ぎ込まれ、三十度を切っていた体温が、僅かずつ上昇していく。

「体温、一度上昇です。腹腔内にも、温水入れますか」

一樹は高野に確認した。

「いや、外部からの保温でいいだろう」

ほんの数年前だったら、この子供は池から引き揚げられた時点で死を宣告されていただろう。設備の整った病院が近くになければ、あるいは今でも諦められてしまったかもしれない。

心肺が停止し、体温も低い。だが氷の張った湖に落ちて、低体温の仮死状態から生還した例がある。助かる可能性がたとえ僅かでも、高野と一樹は奇跡を信じて闘った。

「高野先生……体温……〇・三上昇です。輸液のせいですか？」

「いや……心電図、見ろ」

「……」

人工的に作られた拍動とは違った動きが、心電図に示され始めた。

「よしよし……動けよ、心臓。それでいい。お利口《りこう》だな」

自主的に心臓が動き出した。それにつれて血圧は上昇し、呼吸も戻ってくる。後は低酸素状態が続いたことで、脳にどれだけのダメージがあったか確認する必要があった。

体温はついに三十四度まで回復した。それを機に、一樹は高野に断って集中治療室を出た。すると看護師が急いで近づいてきた。

「相沢先生、先ほど、間宮秀明さん、緊急入院されました。状態が落ち着いているので、相沢先生が終わるまで待っていただいてますが」

「……自分で救急車呼んだの?」

「そうみたいです」

「連れてくればよかったな……」

そこで一樹は、泣き笑いのような顔をした。そこに高野がやってきて、一樹の背中に手を置く。

「手術、させたほうがいい。全身状態が前に入院した頃よりよくなってるから、今なら十分耐えられる」

「本人が怖がっていたんですよ。でも……今なら」

「行ってやらなくていいのか」

「着替えたら、すぐに行きます。高野先生……」

それ以上何も言えずに、一樹は高野にただ頭を下げた。浩之のことを頼みますと言いたいけれど、どんな患者が相手でも、高野はベストを尽くしてくれる。

実際に手術を行うのは、他大学の医療チームだが、いずれは高野も自身の手で、そういった難易度の高い手術を行えるようになりたいと思っているのだろう。

着替えて浩之の病室に向かった。ドアを開いた途端、ベッドに静かに横たわる浩之の姿が見えて、一樹は突然、時間がすべて巻き戻されたような気がした。

近づくと浩之は手を伸ばしてきて、一樹の白衣を握りしめる。

「勝ったよ……死の誘惑に……またゴロが助けてくれたんだ」

「そうか……。なぁ、手術して元気になったら、お母さんをちゃんと墓に収めてやれよ。いつまでもそれしないから、浮かばれないんだよ。だから誘いに来るんだ」

「どうして分かった？」

不思議そうに浩之は訊いてくる。

「いつまでも浩之は、お母さんのこと許さないからな。俺のためには泣いてくれるけど、どうしてお母さんのために泣かないんだ」

一樹は病室の窓から外を見つめる。

あの日もそうだったと、数カ月前のことを思い出し、目は自然と月を捜していた。

「遺体を見なかったから、浩之にはお母さんが死んだ実感がまだないんだろう。けど、泣いてあげるのも供養だよ」

「……そうだね。母は……僕を逃がすために、暗証番号を教えなかったんだと思う。だけど僕が一人になっても、生きていけると思ってたんだろうか……」

「生きてるじゃないか。最後の最後になって、お母さんは浩之を自由にしたんだ。その気持ちに応えないといけないのに、浩之が感謝もしないから、そりゃ恨《うら》むさ」

ベッドの端に腰掛けると、一樹は手を伸ばして浩之の頬に触れる。そして潤んだ浩之の目を、じっと覗き込んだ。

「ちゃんと心の中でお母さんに伝えろ。まだ一緒の墓に入る気はないって。俺達は生きて、何度も満月を見る。何度も朝陽を見て、何度も夕陽を見て、数えられないほどの星を見るんだ。だから誘うなって、きちんと伝えろ」

浩之の瞳が揺らめいたと思ったら、すーっと涙の滴がこぼれ落ちた。一樹はそれを見て、満足そうに頷いた。

「愛してるよ。一度言ったら、もう照れることなくなったから、これから何度でも言うぞ。俺は浩之を愛してる。だからさ、一緒に……ジジィになろうよ」

突然、一樹の目からも涙が溢れ出した。

もしかしたら失うかもしれない。この夜のことは、涙を誘う思い出になってしまうのかもしれないと思うと、哀しみが襲いかかってきて、振り払うことも出来なかった。

「俺だって、浩之を失うのが怖いんだ。だけど医者は、生かすために最善の努力をしないといけない。生きていて欲しい……」

「大丈夫だよ」

浩之は一樹の手を取ると、そこに唇を押し当てた。

「きっと成功する。お母さんが、守ってくれるよ。僕がやっと幸せになったのに、本当に僕を愛していたら、連れていったりしない」

「そうだよな……」

「生きていたい……お母さん、僕を助けて……」

月が笑った。

あまねく世界を照らす月は、その時、この病室に向かって微笑んだのだ。

夏になると、道路は時折渋滞となる。その渋滞の車の横に、アイスキャンディと書かれた旗をぶら下げた自転車が近づいていき、気軽に車内の人間に声をかける。この町では、それが風物詩となっていた。

一樹は車の窓を開き、自転車の若者に声をかける。

「おい、一本くれ」

二百円を手にして差し出すと、若者は笑顔で首を振る。

「相沢先生ならいいよ、婆《ばあ》ちゃんが世話になったし」

「それはそれ、これはこれ」

アイスキャンディを受け取ると、若者は申し訳なさそうに交換で硬貨を受け取った。

「ねぇ、この間逮捕された強盗殺人の被害者って、先生の家にいる人？」

若者は興味深そうに訊いてくる。

「ああ……そうだよ」

この町では、どんなことも隠せない。事件のことはテレビ放映もされたから、すでに皆知っていた。

「ケーキ屋がテレビに出てたなぁ。なのに先生、出なかったね」

「俺は事件とは関係ないから」

車はゆっくりしか進まない。宿直帰りだというのに、こうして時間が無駄になる。けれど海水浴場は、この町の大切な収入源だったから文句も言えなかった。

海水浴場を過ぎれば、嘘のように道が空くのは分かっている。一樹はアイスキャンディを頬張《ほおば》りながら、のろのろと車を進めさせた。

若者は他の車に呼ばれて、すぐに去っていく。その後ろ姿を見送りながら、一樹はこれから事件の裁判が始まるのかと思った。

けれどもう浩之は耐えられる。

左室縮小手術は、浩之に劇的な効果をもたらした。生還しただけではない。以前よりずっと健康になれたのだ。

胸に残った傷跡も、一樹は勲章だと思っている。

春には母親の納骨も済ませ、今年の新盆《にいぼん》はきちんとやりたいと浩之も意欲を見せていた。

やっと車の流れが動き出す。一樹は片手でハンドルを握りながら、我が家を目指した。

夜に帰る時とは、違った風景が一樹を出迎える。狭い庭に広がったひまわりが、そろそろ黄色い花を咲かせ始めているのだ。

洗濯物干しには、カラフルなシーツやシャツがはためいていて、何だか異国に迷い込んだかのようだ。

駐車場に車を入れて、玄関に向かう。すると浩之が、嫌がるゴロに水を掛けているのが見えた。

「おっ、洗濯か」

「そ、散歩の時、すぐに海に入るから、潮まみれなんだ。あっ、さっき安田《やすだ》さんって人がスイカ持ってきてくれたよ」

「ええ、食いたいな。冷やした？」

「まだ冷えてない」

浩之の側に近づいた一樹は、ランニングシャツ一枚の浩之の体が、すっかり陽に焼けていることに改めて気が付く。

浩之の母のために、小さな仏壇を買った。そこから微かに線香の残り香が流れてきて、一樹は目を細める。

そして仏壇に向かって、小さく頭を下げた。

諦めてくれてありがとう。浩之を自由にしてくれてありがとうと、思わず心の中で感謝せずにはいられない。

完治したとは言い難い。けれどどんなに健康そうな人間でも、体内に病魔を育てていることだってある。

生きてもいいと許されたのだ。大切に守っていけば、浩之は生き延びられるだろう。

「ゴロ、一樹がご飯だから」

そう言うと、浩之は立ち上がり、水滴で濡れた体のまま一樹に抱きついてきた。

「何だよ、寂しかったのか」

「うん……一樹のいない夜は、いつも寂しいんだ」

「一眠りしたら、ボード持って出かけよう。いい波が立ってた」

浩之にはまだサーフィンは難しい。それでもパラソルの下で読書しながら、一樹と一緒にいてくれる。

まだ蕾《つぼみ》の多いひまわりを見ながら、一樹はぎゅっと浩之を抱き寄せる。

去年の約束は果たされた。それははるか先の約束へと続く、希望の象徴のようにも思えた。

あとがき

いつもご愛読ありがとうございます。

この本を手にされた頃には、あの皆既日蝕のことも、ああそんなこともあったわねと、思い出になってしまっているでしょうか。

あの地球より小さな月が、太陽を隠してしまうなんて、何かとてもドラマチックでしたよね。残念ながら私は関東在住、あいにくの曇り空で天体スペクタルショーを見ることは叶いませんでした。ですがその分、テレビでしっかり楽しませていただきましたが。


さて、今回のこのお話、実はもう一つ別のラストがありました。

そういうことは読みたくないと思われた方は、さらりとこのページを閉じていただけたなら幸いです。

ただ言えることは、今のラストのほうが私としてはすっきりしたということです。

一昔前の、こういったジャンルが耽美と呼ばれていた時代だったら、あるいはそういった終わりのほうがよかったのかもしれません。

でも今は、希望の見えるラストのほうが好きです。それに医学は進歩し、助かることもまた現実的ですから。

人間って不思議ですよね。転生などというものがないとしたら、死んでいる時間のほうが、生きている時間よりはるかに長いんですもの。時というものか生まれてから死ぬまでの膨大な時間の中に、ほんの一瞬の煌めきのようにして、私達の人生があるわけです。

そう思うと、命が愛しく思えてきました。

彼らはやっと入り口に立ったところです。もう少し、彼らの時間を見ていたい気持ちもありまして、何かの機会にまた続きなど書けたらいいなと願っております。


イラストお願いいたしました、金ひかる先生。ご多忙のところ、ありがとうございました。

日蝕、ご覧になりましたでしょうか?

担当様、いつもお世話になっております。続き……希望とだけ書いてしまおう。


そして読者様、いつもありがとうございます。

この本をお手にとっていただける頃には、じき中秋の名月となりますね。天気のよい夜に、家中の灯りを消して、空など見上げるのも一興かと思います。

生きて……死んで……と、繰り返す月のどこか寂しい風情を味わってください。

それではまた、ガッシュ文庫で。

剛　しいら拝

夜の海で流れついた美青年を拾い上げる——
という出だしで、てっきり「人魚姫?」と
勝手に想像してしまい、最後まで
「ラスト、泡になっちゃったらどうしよう」
「海に帰っちゃったらどうしよう!」
と心配しつつ読んでしまいましたが、
そんな心配いらない幸せなラストで良かった!
最後、陽に焼けて健康的になった秀明が可愛い♥
秀明が頑強になるのを
首をなが〜くして待ってた相沢先生にも
「これで体気にせず心おきなくHできますね!」と
肩をたたいてからかってあげたいです♥

金ひかる

KAIOHSHA ガッシュ文庫

ムーンライト
（書き下ろし）

ムーンライト

2009年9月10日初版第一刷発行

著　者■剛しいら

発行人■角谷　治

発行所■株式会社 海王社

〒102-8405

東京都千代田区一番町29-6

TEL.03(3222)5119(編集部)

TEL.03(3222)3744(出版営業部)

www.kaiohsha.com

印　刷■図書印刷株式会社

ISBN978-4-87724-996-0

剛しいら先生・金ひかる先生へのご感想・ファンレターは
〒102-8405 東京都千代田区一番町29-6
(株)海王社 ガッシュ文庫編集部気付でお送り下さい。

水曜日の悪夢

夜光花
イラスト／稲荷家房之介

高校の音楽講師で元バイオリニストの和成は教え子の真吾の類まれなる才能に惚れこんでしまう。ある日、和成は父親からの虐待に苛立つ真吾を預かることになった。突然無口な真吾に激しく求められて、和成は戸惑う。しかし愛を知ることによって、真吾の才能を更に伸ばせるならと偽りの愛情を与えてしまい…。

帝王と淫虐の花

あさひ木葉
イラスト／朝南かつみ

艶やかな美貌の朱雀雪緒は若くして一つの組を統べる極道。ある日、香港黒社会に君臨する麗峰を殺せとの命が下り、雪緒の心は揺れる。なぜなら、麗峰は密かに想い続けていた男だったからだ。昔、麗峰の性奴だった雪緒は、生きる拠としてきた男を殺すか否か、迷いを抱えたまま雪緒は香港に向かう…!?

蒼い海に秘めた恋

六青みつみ
イラスト／藤たまき

幼い頃から憧れていたグレイに会いたい一心で彼の元にやってきたショア。男らしく精悍なグレイは、想像以上の優しさで迎えてくれる。しかしある日グレイを騙したと誤解され、彼に突き放されてしまう……。けなげなショアに訪れた最初で最後の恋の行方は…？

純愛のジレンマ

火崎 勇
イラスト／奥貫 亘

数々のホテルを有するグループ社長の父親が病に倒れ、普通の大学生だった由比の生活は激変した。突如、次期社長候補として教育を受けることになった由比は、家庭教師を任された謎の男・大津宗賀のマンションに住まわされて、帝王学を詰め込まれる日々。無愛想で高飛車な大津の子供扱いに耐えきれなくなった由比は…？

ずっと愛しいくちびる

柊平ハルモ
イラスト／小路龍流

「愛人」として代議士秘書・統一郎のもとへ預けられた高校生の譲葉は、今は彼の秘密の恋人。しかし、立場の差、年の差ゆえにうまくいかないこともあり、辛い思いをしてやっと手に入れた幸せは、つかの間の夢になってしまいそうで…。恋を知って大人になる——甘く切ない純愛。

執事に恋してはならない

御木宏美
イラスト／巴里

豪華客船の実習中、基は全てを兼ね備えた執事の永坂のもとでCAとして働くことになった。自分が男を愛する性癖であると永坂に知られ、憤りを感じた基は永坂に快楽を賭けた勝負に挑み、駆け引きが始まった！

KAIOHSHA ガッシュ文庫

黒豹の騎士 ～美しき提督の誘惑～

橘かおる
イラスト／つぐら束

空を駆ける最新鋭の「黒船」を所有する傭兵の牙。軍事大国アリストを訪れた牙は、海軍で艦長を務める提督・ルロイから丁重な歓迎を受ける。気位の高い大貴族出身のルロイが、ただの傭兵に対して…まるで誘惑ともとれる歓待。彼の狙いが「黒船」だとわかっていても、牙は無防備な媚態に魅せられてしまうが…？

ようこそ。

谷崎 泉
イラスト／高城たくみ

堅実に人生を生きてきた冴えない独身四十男の大黒谷は、ふとした事から、ひとまわりも年下で天然のゲイ・西舘ステラの世話をあれこれ焼くハメに！ 元モデルで超美形だけど怠け者のステラの汚部屋を片付けたり…見るに見かねてする事一つ一つに感動するステラに振り回されっぱなしの大黒谷だったが…!?

陰猫

水原とほる
イラスト／草間さかえ

会社員の雅幸は結婚式直前に婚約者に失踪されてしまう。穏やかで真面目な雅幸は彼女を捜すため、彼女の弟・綱紀の元を訪れた。不本意ながらも捜索を手伝ってくれる綱紀に惹かれていく雅幸。ねだられると拒めないのは恋なのか。気づけば雅幸の心は綱紀に傾きはじめていた。ああ、この旅が終わらなければ――。

この世の楽園

綺月 陣
イラスト／朝南かつみ

桂城バンク勤務の蔵野悠介はある日突然、グループ総裁子息・聖也の「教育係」に任命される。大学生の聖也は純粋で美しい青年だが、あまりに高慢だった。これまで冷静沈着を貫いてきた悠介も一筋縄ではいかない聖也に手を焼き、その境遇に耐え切れず苦手な弟・賢司にこの仕事を押し付けようと助けを求めたが…？

御曹司の花嫁

愁堂れな
イラスト／かんべあきら

操は悲しみに暮れていた。以前より密かに想いを寄せていた温厚で誠実な親友・小早川が結婚してしまうというのだ。そんな操の元に小早川がやってくる。「花嫁に逃げられてしまったのだが、結婚式を挙げねばならない。同名の操に花嫁の代わりになってほしい」と懇願され、それを受け入れてしまい…？

個人教授

秀香穂里
イラスト／やまかみ梨由

塾講師の俊一は、かつての同級生の弟・育美の家庭教師をすることになった。しかしそこで俊一が高校時代、育美の兄に性欲の捌け口にされていたことを思い出されてしまう。育美の荒々しい愛撫に翻弄される俊一。育美の執着に戸惑いながらも、俊一は以前、育美に対して歪んだ快感を覚えたことを思い出して…。

STEAL YOUR LOVE ー愛ー

妃川 螢
イラスト／小路龍流

高校時代、孤高の優等生だった不動師眞と再会し、恋に堕ちた人気俳優の如月柊士。ナンバーワンホストとなった不動と、元スキャンダル帝王の如月の関係は、極上の男と認めたライバルに惚れる、そんな〝恋〟。ところが、仕事も恋も快調な如月に、思わぬ挑戦状が届いて――!?

官能小説家を束縛中♡

森本あき
イラスト／かんべあきら

官能小説家・綺羅清流を名乗る左京は、鈴蘭の家の離れに住んでいる。そして鈴蘭は、無口な左京が表舞台に出る時の身代わりをしている。編集者とのやり取りも雑誌の取材もぜんぶ鈴蘭の仕事。それに実際に縛って確かめたい時だけ左京はセックスしてくれる。ねえ左京、いつまでぼくを抱いてくれるの?

キャリアは陰謀を弄ぶ

甲山蓮子
イラスト／環レン

俺・楠木司は、東大卒の警察官僚。重大なミスで左遷させられるところを、公安部の超エリート・伊織に救われた。日本初の諜報機関発足を企むと噂される伊織と、俺は学生時代、付き合ったことがある。彼の性癖を知る俺の口封じのつもりか、伊織は自分の部署に異動させてくれたのだが……。

蜜の城

凍る灼熱シリーズ

島みのり&かんべあきら

社長と秘書、そして恋人同士の由孝と克実。ヨーロッパ出張の折、ある古城に招待され、城の主で美貌の伯爵と出会う二人。しかし、克実はその伯爵に誘惑されてしまい…。大人気「凍る灼熱」シリーズ最新刊!

寵辱~灼熱に抱かれて~

藤森ちひろ

イラスト/環レン

クーデターにより国を失った王子・アシュール。亡命先の王太子であるハリードは、匿う代わりにアシュールの身体を求めてきた。愛妾となり、王子としての誇りは屈辱に濡れ官能の世界へ…屈辱のエロティックラブ!

伯爵は夜の花嫁

あすま理彩

イラスト/あさとえいり

執事は無口で忠節を尽くす従僕。伯爵はわがままで艶めいた美丈夫。二人は単なる主従関係だったが、ある事件を境にその立場は揺らいでいく……。大人気「夜の花嫁」シリーズ最新刊!

極道の花嫁

バーバラ片桐

イラスト／みろくことこ

高校生の尚弥は、由緒正しい極道の御曹司。でも、運営難の鈴本組には逮捕された組長の保釈金が払えない…！ 突如、保釈金の肩代わりを申し出たお隣のライバル極道・渡瀬伊織に攫われた尚弥。いやいやながらも鈴本組存続をかけて、伊織の豪邸で花嫁修業をすることになって…？ ラブで純真♥極妻修行!!

やんちゃな犬、躾けます！

松岡裕太

イラスト／萌木ゆう

高校生の哉太が片想いしてるのは、親友のボディーガードの風間。もと警視庁のSPで、長身ながら中性的で美しい顔の風間を、哉太は押し倒してエッチしたい！と思っているのだ。たぎる想いのまま告白するがあえなく玉砕。じゃあ対等な恋人関係じゃなくてもいいと〝犬〟に立候補して…!?

末席秘書のお仕事。

猫島瞳子

イラスト／黒岩チハヤ

古泉翔太のお仕事は都議会一格好良い議員・藤崎祐一の末席秘書。古泉の朝は先生を起こすことから始まる。そして、毎日一生懸命に雑事をこなす自分をからかって遊ぶのが、藤崎先生のささやかな癒しらしい…。先生のことは尊敬してるけど、子犬扱いされるばかりかキスやらお触りまで…!?

ガッシュ文庫

小説原稿募集のおしらせ

ガッシュ文庫では、小説作家を募集しています。

プロ・アマ問わず、やる気のある方のエンターテインメント作品をお待ちしております！

応募の決まり

[応募資格]

商業誌未発表のオリジナルボーイズラブ作品であれば制限はありません。

他社でデビューしている方でもＯＫです。

[枚数・書式]

40字×30行で30枚以上40枚以内。手書き・感熱紙は不可です。

原稿はすべて縦書きにして下さい。また本文の前に800字以内で、作品の内容が最後まで分かるあらすじをつけて下さい。

[注意]

・原稿はクリップなどで右上を綴じ、各ページに通し番号を入れて下さい。
また、次の事項を１枚目に明記して下さい。

タイトル、総枚数、投稿日、ペンネーム、本名、住所、電話番号、職業・学校名、年齢、投稿・受賞歴（※商業誌で作品を発表した経験のある方は、その旨を書き添えて下さい）

・他社へ投稿されて、まだ評価の出ていない作品の応募（二重投稿）はお断りします。

・原稿は返却いたしませんので、必要な方はコピーをとって下さい。

・締め切りは特別に定めません。採用の方にのみ、３カ月以内に編集部から連絡を差し上げます。また、有望な方には担当がつき、デビューまでご指導いたします。

・原則として批評文はお送りいたしません。

・選考についての電話でのお問い合わせは受付できませんので、ご遠慮下さい。

※応募された方の個人情報は厳重に管理し、本企画遂行以外の目的に利用することはありません。

宛先

〒102−8405　東京都千代田区一番町29−6
株式会社 海王社　ガッシュ文庫編集部　小説募集係